Best Time

白 马 时 光

绿洲食堂

オアシス食堂

〔日〕安倍夜郎 左古文男 著

苏琦 译

百花洲文艺出版社
BAIHUAZHOU LITERATURE AND ART PRESS

图书在版编目（CIP）数据

绿洲食堂 / （日）安倍夜郎，（日）左古文男著；苏琦译 . — 南昌：百花洲文艺出版社，2018.3
ISBN 978-7-5500-2614-8

Ⅰ . ①绿… Ⅱ . ①安… ②左… ③苏… Ⅲ . ①故事—作品集—日本—现代 Ⅳ . ① I313.45

中国版本图书馆 CIP 数据核字（2017）第 327343 号

江西省版权局著作权合同登记号：14-2018-0001
OASIS SHOKUDO
© Abe Yaro, Sako Fumio 2015
All rights reserved.
Original Japanese edition published in Japan in 2015 by Futabasha Publishers Ltd., Tokyo.
Simplified Chinese translation rights arranged with Futabasha Publishers Ltd.
through YOUBOOK AGNECY.

绿洲食堂 LÜZHOU SHITANG

〔日〕安倍夜郎 〔日〕左古文男 著　　苏琦 译

出 版 人	姚雪雪
出 品 人	李国靖
特约监制	王　瑜
责任编辑	袁　蓉
特约策划	高　蕙　王云婷
特约编辑	王云婷
封面设计	林　丽
版式设计	王雨晨
封面绘图	阿　钰
出版发行	百花洲文艺出版社
社　　址	南昌市红谷滩世贸路 898 号博能中心 Ⅰ 期 A 座 20 楼　邮　编 330038
经　　销	全国新华书店
印　　刷	北京中科印刷有限公司
开　　本	880mm × 1230mm　　1/32
印　　张	6.25
字　　数	130 千字
版　　次	2018 年 3 月第 1 版第 1 次印刷
书　　号	ISBN 978-7-5500-2614-8
定　　价	35.00 元

赣版权登字　05-2017-563

发行电话　0791-86895108　　　　　网　址 http://www.bhzwy.com
图书若有印装错误，影响阅读，可向承印厂联系调换。

序言

　　在当下的连锁店等餐饮形式遍地开花之前，市面上有很多被当地人喜爱的平民小馆。如今，它们也并没有绝迹，而是依旧生命力顽强地遍布全国各地。它们以大众食堂或者居酒屋等形式，在现代商业的大环境中依旧广受当地人的支持和喜爱。

　　连锁店的味道难免千篇一律，但这些"城市角落里的私房"却与众不同，它们浓缩和凝聚了几代店主的智慧和努力，让第一次踏进店里的人，都能感受到它们浓浓的风情和怀旧的乡愁。

　　本书就是与《深夜食堂》（小学馆《原创幽默漫画》连载中）的作者安部夜郎一起，走访了这些当地的私房秘厨之后，回来所做的独家攻略。在店家上，我们都选择了平民的大众食堂，或者是风情小酒馆。它们无一例外地起码都具备下面三个基本的前提条件。

·有平价拿得出手的私房菜和酒水

·浓情满满并能够代表当地的风情

·任何路人都可以进去用餐和小憩

在书中我也多次提到，我和安倍本是高知县中村市（即现在的四万十市中村）同时代的老乡。可能是由于我们是吃同样的食材长大，所以在菜品的喜好上惊人地相似。也正是因为这样的口味相投，所以无论走到哪里，我们都能够找到那些美味、让人愉悦并且妙趣横生的隐蔽小店。

这本书中介绍了包括东京、神奈川、大阪、高知的一共 20 家店，但在实地走访中，我们边走边吃的小店却远远超过了百家。书中记载的这 20 家店，更是我们在"微服"出巡之后，真的认为是"绝佳好店"才收纳书中。当然，有的店也是我和安倍从小就受到熏陶的记忆老店。这本书与米其林旅游指南自然是不能相比，但我们记下来的确实都是真正美味、浓情、平民的私房秘厨。

这些小店的魅力在我拙劣的行文当中，也不知道真正能够传递给大家多少。但这 20 家私房却的确如同沙漠中的绿洲一样，带着它们浓郁的独特风情，在让我们大饱口福的同时，能感受到身心的愉悦，更是让每位去过店里的客人都流连忘返。

　　最后，我要向欣然接受我们采访的各位私房店主表示真诚的感谢。

左古文男

目 录

我的绿洲食堂 ·安倍夜郎

刚到东京，我住的是离中央线 K 站，步行十四五分钟的一套木质的两层公寓。公寓内的空间也就四张半榻榻米那么大，没有淋浴，卫生间还是公用的。但是尽管如此，房租却需要整整两万日元……

那儿的招牌套餐真好吃。

都一样，都一样啊！那个时候，洗澡都是去澡堂。

澡堂附近有一家便宜的快餐店，我那时候经常去。

店的名字就是『绿洲』。

让您久等了。

一位与他年龄相差很多的年轻的小妻子两个人经营。

由看起来五十岁上下的冷漠的老头儿和

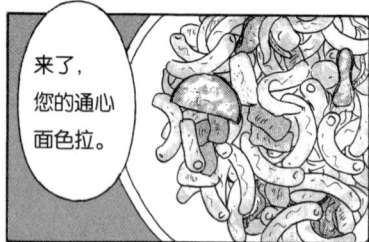

来了，您的通心面色拉。

谢谢！

老板娘长得有点像以前的过气明星，我那时候偷偷地对她有点迷恋。

给您的赠菜，请尝一尝。

我那时就是想不明白，为什么非得跟那样一个老头儿在一起呢？

有一天在澡堂里我好像明白了点什么。

我先走了。

那老头儿的身体是真强壮啊！

白天在街上我也看到过两个人。怎么说呢，就感觉那老板娘对老头儿有种说不出的迷恋。

啊？
还在做吗？

我在那个公寓住了两年之后，就搬走了。后来就再也没有回去过。去年年底，有一次到那边办事，就试着又去那家店看了看。

找到了。

是的，
还在，
只是周围
变化很大。

招牌快餐和啤酒。

欢迎。

我就毫不犹豫地走了进去。

啊……

我以前在这附近住呢。这周围变化很大啊。

老头儿老了很多，但依旧是不爱说话的高冷风。老板娘不知道去了哪里，到最后也没有见到她出来。

招牌快餐，记忆中的味道。只是对现在的自己来说，量有点过多了，最后还是吃剩了点。

您的饭菜，久等了。

我一直想问他老板娘的事情，却终究没有问出口。后来也就那样悻悻地走了出来。

那……那位小老板娘怎么样了呢？你不是喜欢熟女吗？你就不担心好奇？

啊？！

我前天遇到了。

大塚的职业熟女红灯区……

在哪儿?

您好呀，我叫小茜。

啊?

那之后，他还去过一次，但好像绿洲食堂已经不在了……

没错，就是那位小老板娘。倒也是提供服务，只是我再也不能提绿洲食堂的事了。

……

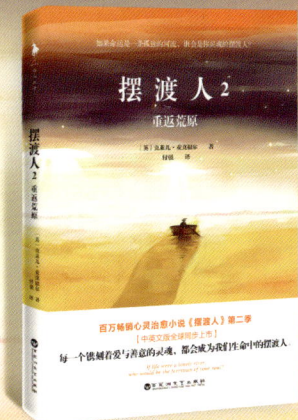

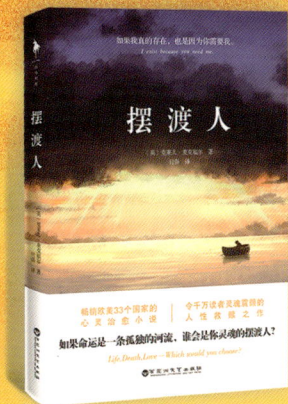

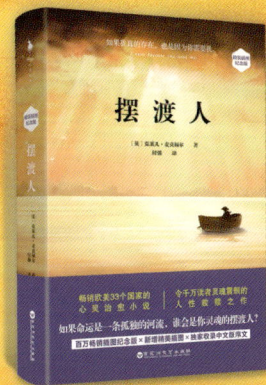

《你好，法奈利》

我们都在等待生命中的那一刻，
不再屈服命运和内心的恐惧，与自己
和解，重获爱与新生。

杰西卡·诺尔【著】
定价：39.80元

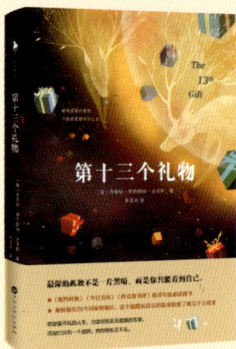

《第十三个礼物》

《纽约时报》《今日美国》《科克斯
书评》推荐年度必读图书
最深的孤独不是一片黑暗，而是你
只能看到自己。

乔安妮·胡伊斯特·史密斯【著】
定价：39.80元

《两个她的奇幻之旅》

一个少女的奇幻人生 一位妻子的惊人
秘密
人生是勇敢者的朝圣，每一条未知
的路都有它的神奇

菲德拉·帕特里克【著】
定价：39.80元

《是谁杀了我》

在她死后发现的一切，
远比死亡本身更恐惧！

艾米·托金顿【著】
定价：39.80元

《当命运来敲门》

我们渺小、微弱、平凡，
但在人间，从未失格。

朱迪思·克莱儿·米切尔【著】
定价：39.80元

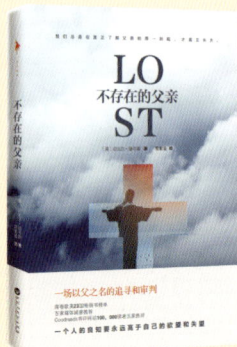

《不存在的父亲》

一场以父之名的追寻和审判！

我们总是在真正了解父亲的那一刻起，
才真正长大。

迈克尔·道布斯【著】
定价：36.00元

西餐老店的汉堡是纯正的待客美味

炼瓦亭新富本店
东京都中央区

孩子们渴望的西餐，只有在特别的日子里才能够吃到

把浇满法式多蜜酱汁的汉堡大口塞进嘴里，浓厚的酱汁和肉汁的香味便交织在了一起，浓厚醇香，美味在口中蔓延，直入口鼻。

或许有人会觉得酱汁过浓，然而与米饭却是绝妙的搭配。

"到底还是汉堡好吃啊，这顿我请客。"安倍夜郎这样说着，一脸的满足。

《深夜食堂》在描写汉堡的那一回里，有这样的一段：

"我们家在特别的日子里，总是吃汉堡。父亲发奖金的时候、我和姐姐的生日以及父母的结婚纪念日……那样的日子，先母就会大显身手地为我们做汉堡吃。米饭不再用平时的小碗盛，而会改成大盘子……开动的时候，我们也都是胸口挂着餐巾，大吃一顿。"

在书中，这虽然是作为登场人物的高木编辑的一段话，实际上却饱含了作者安倍的真情实感。安倍的少年时代是在昭和①四十年代（20 世纪 60 年代）的高知县农村度过的，对于那个时候的安倍，汉堡是只有在特别的日子里才能吃到的难得的美味。同时代同乡出身

---

① 昭和：公元 1926－1989 年日本天皇裕仁的年号，在日本年号使用中时间最长。

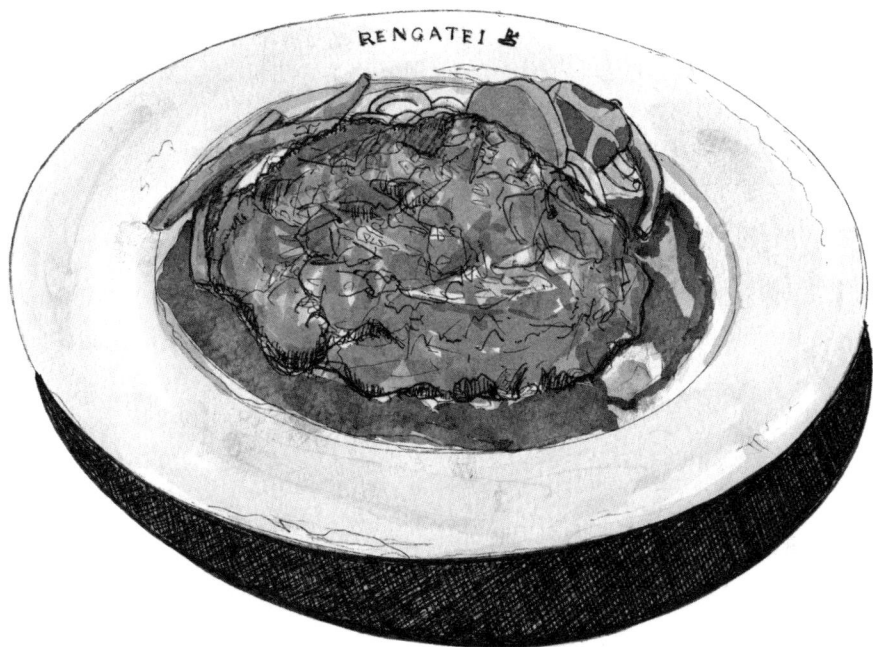

◀ 淋有浓厚蔬菜肉酱汁的烤肉汉堡

的我，也是深有感触。

昭和四十年代（20 世纪 60 年代）的日本，经济高速增长之后，随着人们生活的富裕，外国食品开始在民众的生活中占有一定比重，汉堡也正是在这个时候，逐渐成为普通老百姓家的孩子都憧憬和盼望的美食。

但那个时候，西餐店只在繁华的大都会才有，真正能够提供地道汉堡的时髦西餐馆，在地方的乡村是非常少见的。即便有那么三两家，汉堡也都是使用高价牛肉，对于平民的我们来说，算是根本吃不起的高级料理吧。

当时人们概念里的汉堡，不是现在的牛肉汉堡，而是把鲸肉、猪肉、金枪鱼肉的混合肉馅和圆葱、面包粉搅拌在一起，然后涂满猪油做成的"唛露心汉堡"（现在是鸡肉、猪肉、牛肉的混合肉馅）。

所以在那个时候，要想吃到真正的汉堡，也就只有等着妈妈给我们做。而那样的奢侈更是只有在特别的日子里才能够享受到。

从那时至今，40年的人生，光阴流转，现在的我们坐在"炼瓦亭新富本店"吃着1000日元的烤肉汉堡。

在日本有种日式西餐。它不是单纯的西餐，实际上可以说是在日本发展起来的带有西餐风格的日式料理。代表性的菜品有：炸猪排、烤肉汉堡、煎牡蛎、煎虾、咖喱煎、煎炸拼盘、蛋包饭等。

据说，这些具有代表性的菜单以及盘装米饭等用餐样式的设计，最早就是由这家创业于明治二十八年（1895年）的"炼瓦亭新富本店"发明的（当然也有其他的说法）。

炼瓦亭新富本店的创立者是木田元次郎和他的叔叔山本音次郎。二人在横滨学习了法式西餐的制作后，在曾经叫作"炼瓦街"的银座开起了店。叔叔山本出于身体原因，在开店后不久就引退了，所以现在店里留存的大部分资料中所记载的炼瓦亭初代店主，都只有木田元次郎一个人。

现在我们所在的炼瓦亭新富本店，实际上也是古老的银座炼瓦亭的分号。据篠原市郎的二儿子公二郎讲述："在银座总本店学徒后的父亲，于昭和三十八年（1963年）成立了作为1号店的新富I·S店。I·S店的店名，是取自父亲篠原市郎和母亲伊奈子两个人名字的首字母。当时新富I·S店是店名，店的地址也是在京桥小学的附近。搬迁到现在的店址则是平成元年（1989年）的事情。新富I·S店在开店两年后的昭和四十年（1965年）便在银座1丁目开了分店，新富I·S店也因此改名为炼瓦亭新富本店，分店就叫炼瓦亭1丁目店。1丁目店营业至5年前，由于员工老龄化等问题才闭店。"

也是因为这个契机，一直在1丁目店担任主厨的厨艺精湛的大儿子圭一郎成了本店店主，店名也第三次正式更名为炼瓦亭新富本店，并沿用至今。

从基本菜到配菜系列，菜品多样

现在的炼瓦亭新富本店，厨房主厨是圭一郎和具有30年从业资格的圭介，二人厨艺精湛。公二郎负责吧台的装盘和服务，圭一郎的妻子纯子，则负责接待顾客和收银。

据店主圭一郎讲，他的父亲当时是日比谷高校的毕业生。上学的时候似乎很迷恋橄榄球。班主任就告诉父亲说，他可以不用考试就能进入东大（即东京大学）。

所以那个时候，父亲的梦想就是从东大毕业后成为一名报社记者，但他好像囫囵吞枣地歪曲了班主任老师的意思，以为进入东大已经是板上钉钉的事，整天只顾着打球，结果考试自然是失败了。（笑）

这样一来，作为人生之路的另一个选择，父亲才选择了当时觉得具有未来性的西餐店经营。

他们的父亲篠原市郎，师从炼瓦亭第三代掌厨（在店里的介绍手册中被记为第二代）木田孝一，他也是作为唯一的优秀特例，在师事 4 年后就被允许成立了分店。

现在店里依旧延续了银座总本店最初的风格，保留了创业初期的菜单和口味，也进行了很多新菜品的尝试和改良。为了能让顾客品尝到店里更多种类的美食，圭一郎的父亲决定减少基本料理的分量，把各种菜品拼凑成一盘，供客人享用；还开发了很多诸如生姜猪肉和生咖喱等独创的菜品菜单，定价也很合理。

现在店里的席位桌子一共有 20 席，吧台 10 席，厨房是开放式的敞开透明厨房，顾客能够在座位上清晰地看到，一道道美食是如何在整洁澄明的厨房里，被高效快捷地制作出来端到眼前的。

我们在店里吃完汉堡，还想再吃点什么，看着菜单上琳琅满目的菜品，实在是让人难以选择。纠结半天后，点了店里独创的生姜猪肉 + 洋葱头（1100 日元）、海鲜咖喱（1050 日元）和季节性限定的煎牡蛎（1300 日元）。

端上饭桌的生姜猪肉味道恰到好处，每吃一口，肉的香味和生姜的鲜美都会在口中弥漫良久。

海鲜咖喱中放有短蛸、墨鱼、小虾、蛤蜊、口蘑，这些鲜美的食材被放在黄油面酱中翻炒，刺啦一声，香辛料的香气便夹杂着食材的香味瞬间扑鼻而来。

煎牡蛎是大份装的，是把柠檬、蛋黄沙司、伍斯特辣酱改变了一下吃法，咀嚼的过程中会让人感受到它层次感丰富的独特口感。

在平常，西餐店给人的印象总是太过高级。提到日本的西餐，总也避不开那些老字号店铺，于是慢慢地人们怀着对外来事物的那一丝胆怯，就很少有人有勇气专门去拜访这些西餐店了。

但是在炼瓦亭新富本店，情况却明显不同。在这里，即便是一个人来也很安心，不用摆什么吃高级料理的谱，这里让人有一种自然放松的感觉。这样的氛围中，酒水饮料和配菜小食也都是整齐有序地摆在你面前。

我们一边大口大口吃着煎牡蛎，一边遗憾没有早一点发现这家店。脑子里满满地充斥着各种各样的如意算盘和想法。下次再来的时候，到底该点这个呢，还是该点那个。

安倍夜郎的偷嘴

一到应时的季节，我就会去吃煎牡蛎，完全痴迷于上面浇满特制蛋黄沙司的独特味道！无论是汉堡、肉末、软炸里脊还是店里的其他任何食物，都是物超所值的奇妙味蕾体验。这里的吧台也足够宽敞舒适，又是这样平民的价位，让人十分满足。结账的时候每每都会盘算着下次来该换着点些什么菜品好。

这就是我时常偷嘴去吃的"炼瓦亭新富本店"。

地址：东京都中央区新富 1-5-5-1F

营业时间：周一～周五　11:30～14:00　17:00～20:30
　　　　　周六　11:30～13:30（最后下单时间）

定休日：周日、法定节假日、8 月的每周六

电话：03-3551-3218

座位数：30 席

交通路线：地铁有乐町线新富町站下车，徒步约 2 分钟即到

一 汉堡

汉堡的好处之一就是，1000 日元左右就可以管饱

左古：在新富炼瓦亭吃的汉堡实在好吃到令人感动。您经常去那家店吗?

安倍：那家店离我当时上班的公司很近，我那个时候还没有画漫画，所以偶尔会去。

左古：据说那是始于新富炼瓦亭的地道的日本汉堡呢，记忆中我小的时候没有吃过。

安倍：我也没吃过啊。我们小时候好像还没有现在这样的家常菜馆吧。偶尔出去吃饭都是吃食堂，菜单上根本就没有汉堡，更没有吃的机会。好像能够吃到汉堡是在家常菜馆普及之后吧。比起现在讲究的蔬菜肉酱汁，那个时候好像只有调味番茄酱。

左古：家常菜馆好像最早是昭和四十五年(1970 年)在大阪万博出现的，我们小学的时候还没有。那个年代小孩们是吃唛露心汉堡吧。我记得好像是在《喷嚏大魔怪》①动画片的中间有插播唛露心汉堡的广告。

---

① 《喷嚏大魔怪》：龙之子工作室出品的日本电视动画片。1969 年 4 月 25 日在日本富士电视台首播，1996 年引进国内，中央 6 套（电影频道）首播。

安倍：喷嚏大王爱吃汉堡的情境设定，是不是唉露心食品公司作为广告主的有意设计？

左古：我在相关的书上好像看到过，说是当初的设定其实是炸丸子，是在后期的录音阶段才改成了汉堡。然后，画面上虽然也是用油炸，但不是在炸丸子，而是改成了在做汉堡。现在唉露心汉堡的主要原料是鸡肉、猪肉和牛肉，但我们小时候吃的汉堡都是用鲸肉、猪肉和金枪鱼肉做的。

安倍：还有那个好像是塞在汉堡四角里面的鱼肉香肠。我那时候把它们切下来，放到印着《赤胴铃之助》①的塑料盘子里吃。

左古：动画片《赤胴铃之助》的广告商是做日本水产的。那个盘子可能是赠送礼品。说起来，您吃到汉堡，不是肉食加工品那样的，而是淋有蔬菜肉酱汁或者是有萝卜泥那样的，第一次是什么时候啊？

安倍：应该是儿童午餐里带了一片那样的小汉堡吧。现在想起来，第一次应该是小学的时候到大阪的亲戚家里玩，那个时候吃的儿童午餐里面有带。但那时儿童午餐主打的是插着小旗子的鸡肉饭，汉堡只是附加，所以人们都不是太关注，也没有把汉堡作为主食的意识。

左古：那有意识地开始吃汉堡是在什么时候呢？

安倍：是在"西荻窪专门烤肉"连锁店出现之后吧，学生时代在那里吃过，可能就是第一次。那个时候在高圆寺也有汉堡和肉料理的专门店，在那些店里也会偶尔吃到。因为太贵，所以真的是偶

---

① 《赤胴铃之助》：日本漫画家福井英一 1954 年发表的代表作。

尔才能吃得到。

左古：对穷学生来讲，那个时候的汉堡也真是奢侈的美味了。

安倍：是啊。但虽说难得吃到又很贵，当时却没觉得有多么好吃。反倒是去东京第一次吃到吉野家的牛肉饭时，觉得这世界上竟然有这么好吃的东西，超感动呢！（笑）

左古：《深夜食堂》里面有段讲汉堡是只有在特别日子里才能吃到的美味。那是您亲身经历的真实故事吗？

安倍：是文艺创作啦。那回其实原本不是想描写汉堡，是想写下使用刀叉感受的故事。主要是想描写把米饭放在叉子背面吃饭的场景。考虑到最吻合的情形，那就是吃汉堡喽。

（选自《深夜食堂》第5集《汉堡》安倍夜郎／小学馆《原创幽默漫画》连载中图

左古：那是英国式礼节呢，法国是用叉子内侧吃吧。我二十多岁的时候，拿出自己全部家当，慷慨地请女孩子去吃法国菜，吃饭的时候就是用的叉子的背面。结果，被女孩子嘲笑，再约人家，就不理我了。（笑）

安倍：汉堡自身没有太多的饮食感情在里面，所以我不大会去吃。但在新富炼瓦亭吃的时候，真是第一次觉得汉堡好吃。要是肚子还有富余，就会还想再喝点啤酒。那儿的炸肉末也很好吃啊。但是作为啤酒的搭配，还是汉堡最好吧。最近在其他的店，吃到了夏威夷米饭汉堡，虽然不是特别值得一提的美味，但在汉堡上面放上煎荷包蛋，光是看上去就很美味可口。我在想，是谁发明的在上面放上煎荷包蛋呢?

左古：我也是在新富炼瓦亭吃的时候，改变了对汉堡的认识，觉得汉堡真的好吃。

安倍：五反田有烤肉和汉堡的专门店，用的都是前泽牛肉。那牛肉本身的肉质就很地道。

左古：那里我没有去过，但如果 100% 是用黑毛和式牛肉制作的汉堡，应该是和牛肉一样贵的吧。

在新富炼瓦亭吃的时候，第一次觉得汉堡好吃。

我也是在新富炼瓦亭吃的时候，改变了对汉堡的认识。

安倍：神保町也有专门店，店里的宣传板上会写"新鲜肉质做成的汉堡"，但毕竟还是和西餐店的汉堡不同。西餐店的汉堡在肉之外，还会盖上蔬菜和面包粉之类的食材。他们不是把肉做成汉堡的形状，而是把肉质和这些食材放进汉堡里面，并浇上蔬菜肉酱汁。

左古：比起专门店高价的汉堡，我比较喜欢西餐馆做出来的。

安倍：我总是喜欢吃经过人工劳作，精心制作出来的东西。做饭本来就不是单纯地把食材原封不动摆上桌子的事情。1加上1不是2，是3是4才能够变得美味。美味的原质好肉，即便不是做成汉堡，就那样普通做法做着吃也是好吃的。剩下的就是价格层面的问题。食材好的话，料理的价格就自然会贵。说起来，还是汉堡这样1000日元左右就能吃到的东西比较好。所以我喜欢在新富炼瓦亭的吧台，一边喝着啤酒一边吃着汉堡。

东京下町商店街中人气最高
保留昭和风貌的大众食堂

银座会馆
东京都江东区

"和洋中"丰富的料理，无论哪种都是绝妙美味

在隅田川①东边的江东区有几条带有下町感觉的商店街，砂町银座商店街就是其中之一。在联结明治大街和丸八大街东西670米绵延的步道两端，有大约180间鳞次栉比的店铺，还保留着往昔商店街的样貌风情。在这条街上听说有一家叫作"银座会馆"的留有昭和风貌的食堂，我们决定去看一下。

离那儿最近的车站是都营新宿线的西大岛站。从那里换乘开往锦糸町方向的公交车，沿着明治大街走5分钟左右，就到了商店街的西口。

下车的公交车站是北砂2丁目。如果徒步，从西大岛站到西口大约需要20分钟时间。

我们那天下午四点多过去的，踏上商店街狭窄的街道，就立刻闻到了不知道从哪里飘过来的家常菜的香味儿。信步走着，可以看到在卖煮鸡蛋、杂煮、烤鸡肉串等小店的门前，店员与顾客在亲切地聊天。

---

① 隅田川：日本东京都的河流，全长23.5km。隅田川上的桥梁、桥体种类多元，相当程度上反映了东京都的变化，因此隅田川也有"桥梁博物馆"之称。

这是在昭和时代随处可见的日常市井的光景，但是现在这种人情洋溢、面对面买卖的带着昭和风情的店铺越来越少，商店街变得机械化，到处都毫无生气。

然而砂町银座商店街却是个例外，它到现在还吸引着众多当地顾客。

我们在熙熙攘攘的购物人群中穿梭前行，左边有写着"风貌食堂银座会馆"的广告灯箱，离明治大街2～3分钟的距离。建筑物的外立面是昭和摩登样式的外观，与店铺名称交相呼应，自然地酝酿出了一种怀旧的气息。走近去看的时候，就能闻到店门口飘浮着的甜甜的"文字烧"的味道。

我们进到店里，看到中间有12个人座席的细长吧台桌子，桌面都贴着瓷砖。四周是4个人座席的桌子，一共有9张。店内的风格也一样，到处都是西洋怀旧的造型，墙的下面贴着瓷砖，上面的木质部分填满了手写的短册子菜单。其中还有一些贴纸，写着"料理就是爱情""偶尔会从后厨传出大声的喊叫，要知道那是厨师们在卖力用心地做菜""声音很大，字也很大，但脾气却很小"等诸如此类的话，让人不经意间能够感受到店主的人格魅力和自嘲的风格。在店里可以明显看到，有四分之一左右的顾客是老年人。里面有独自吃面的老大爷、一对老年夫妇和一对中年夫妇，应该都是附近的老主顾，大家就像在自家吃饭一样随意自在。

我们（安倍夜郎、责任编辑横山、我）坐在离厨房最近的里面的座位上。翻开菜单的小册子，日餐、西餐、中国菜，荞麦面、乌

▲纯肝盖浇饭中莴苣和鸡肝发酵的口感让人欲罢不能

冬面、甜点等什么都有，饭菜种类很多，让人迷惑到底该点点什么来吃好。

　　我们便问了过来送冰水的阿姨，那位阿姨说沙司烤荞麦（550日元）、蔬菜足量的汤面（750日元）、正宗纯肝盖浇饭最受欢迎，是从开店初期就有的菜品，我们就按照她的建议先点了这三样。

　　之后，又要了杂煮盖饭（750日元）、红烧金目鲷（1000日元）、金枪鱼刺身饭（750日元）。

新鲜鸡肝的名品——"正宗纯肝盖浇饭"

在我们等待饭菜的时候，偶尔会从厨房传出"哎""嘿哈"这样人用力使劲儿的声音。和店里墙上写的注意内容一样，第一次去的顾客一定会对这样的声音感到惊讶，但那些老主顾却早已习以为常，在这样的吆喝声中照旧吃着。

发出声音的是对剑道很有心得的第二代店主石黑利雄。石黑店长一边和我们打招呼，一边把做好的沙司炒荞麦面端到我们面前。他一看，就是位干练的专业人士。石黑店长性格洒脱大气，做事热情周到，颇具服务精神。我们问他才知道，他做料理时发出的叫喊声，实际上是为了增加做饭时自己的威势和力量，他想把"一品一魂"的精神融入自己料理制作的过程中。

银座会馆是在昭和十年（1935 年）创立的，石黑店长的父母在锦系町从沙司炒荞麦面的小摊点做起，3 年后在当地成立了蛋奶咖啡馆。

"现在店里的炒荞麦面与父亲做的时候相比，已经做了很多的改变。以前没有小麦面粉，所以父亲会放很多卷心菜。那个时代大家都总是饥肠辘辘，只要是量足够大，能够吃得饱饱的就好。现在不行了，以往的口味未必适合现在的人。"

石黑店长说，现在的料理不只是用来填饱肚子，他自己更是为了寻找契合现代人口味的料理，拜访了很多餐馆。看来石黑店长是位执着敬业、用心做菜的料理人啊。

石黑店长强调，炒荞麦面的面要是软弹的细面，配菜有卷心菜、萝卜、洋葱、豆芽、木耳、猪肉馅等各种丰富的食材，最后撒上青海苔。如果愿意，再就一大口红姜，那就是让人怀念的味道了。虽然不是山珍海味，只是寻常的家常菜品，却会让人觉得越吃越喜欢，怎么也吃不够。

在我们吃完炒荞麦面的时候，纯肝盖浇饭、杂煮盖饭和红烧金目鲷也陆续做出来了。纯肝盖浇饭是在米饭上面撒上细碎的生菜末，再在上面放上用鸡肝、鸡心和大葱精心雕琢成的造型。用勺子挖一大块放入口中，生菜咬下去的一触即发的脆感，和着带着香浓酱汁黏液的鸡肝、鸡心，无以言说的美味在口腔中肆意蔓延。

端上来的牛杂煮完全没有异味，汤水也没有混杂的浊味，牛杂的滑嫩向人们展示着它们的新鲜。

我们稍微用啤酒漱一下口，再来一大口红烧金目鲷，酱油的甜辣和鱼肉的鲜香就在口中慢慢融化。实在是太好吃了。三种菜品都能够让人感受到食材和厨艺的完美结合。

最后上来的金枪鱼刺身饭和弹面也很好吃。裹上一层薄面炸一下就迅速捞出的金枪鱼刺身饭，能够让人品尝出海味的鲜美，口感上的爽口，即便是不放任何沙司或酱汁也无比美味。

"我们这里和那边的拉面店相比也不逊色哟。"石黑店长引以为傲的说道。这里的拉面用的是把蔬菜的鲜美和原味彻底焖进弹面的白汤原浆，食材的原味得到了尽情地挥发，确实是可以与拉面专门店相媲美的绝品美味。面汤的鲜美就在你一口一口的品尝中，融进了那一碗碗口感爽滑的弹面里。

银座会馆的后厨里除了石黑店长，还有在横滨中华街老字号店铺浸染多年的厨师老把式。

父辈们经营的时候，店里的料理只有沙司炒荞麦面和拉面，平成元年（1989年）石黑店长继承家业之后，增加了菜品的数量，现在店里菜品种类多达76种。

店里"和洋中"式菜品应有尽有，每样菜品都有规定的品质，从无差错。

料理根据类别的不同，制作方法和调味也各不相同，因此在制作时其实也是更见功底的。石黑店长的店在料理的品质上如此的考究，这与石黑店长对料理制作细腻的品位和过人的胆识气魄无疑是密不可分的。

银座会馆的墙上一排排满满地排列着菜品目录，里面都是应顾客的点单要求日益增加起来的菜单种类。店里提供的"和洋中"式料理中的76个品种，都是石黑店长在拜访了很多名吃，经过反复研究琢磨出来的得意之作。石黑店长自己也说，他只给客人吃自己觉得满意的东西。

其实，在银座会馆，客人们最喜爱的还是石黑店长独自在后厨大声"嘿哈"的吆喝声，听着声音，人们就知道，那是石黑店长又把自己的精气神注入了制作出来的料理里面。

地址：东京都江东区北砂 3-33-20

营业时间：10:30 ～ 21:00

定休日：周三

电话：03-3644-6354

座位数：48 席

交通路线：都营公交车北砂 2 丁目公交车站下车、徒步约 3 分钟即到

与《深夜食堂》老板长得很像的
店主做的"萝卜荞麦面"

才谷屋
东京都江东区

高知县的灵魂料理，三役齐踏 [①]

出生在高知县中村市（现在的四万十市中村）的我，偶尔会没来由地想吃鲣鱼生鱼片。尤其是到应季的春天和秋天的时候会越发想吃，这个时候就非常认同，也是亲身感受到人们常说的那句"江户人就算是卖老婆，也要吃初鲣鱼"。但是，比起初鲣，我或许更喜欢秋天洄游的鲣鱼的鲜美。当然，每个人的喜好都不一样。

所以，在应时的季节，我就想在居酒屋吃上一顿鲣鱼生鱼片，但在东京却始终没有找到地道的做鲣鱼的店。有一次和安倍提起这件事情，安倍说："东京有一家做鲣鱼生鱼片和炸多粑银带鲱很地道的店。"高知县作为鲣鱼的第一产地全国闻名，实际上多粑银带鲱鱼也是地处高知县西南部的宿毛市的海产品特产之一。

这两样加上店里用四万十佛手柑（酸蜜柑的一种）鲜榨的佛手柑橙汁，并称为土佐 [②] 的三役齐踏。我一听到在东京能够吃到地道的家乡味道，就想那是一定要去的啊。安倍又说："最主要的是，那家店的老板和《深夜食堂》里面的老板长得很像。"这更让我产生

[①] 三役齐踏：相扑比赛中的专有名词。此处有三管齐下、共同作用之意。

[②] 土佐：高知县的旧称。

夹起一片放在嘴里，鲣鱼的鲜美便夹杂着佛手柑的酸美，还有小葱和大蒜调过味的味道，几种味道混合在一起，浑然一体，清爽酸鲜。

我们吃着鲣鱼生鱼片，大声地赞叹，真不愧是店里的招牌，真的是美味绝伦！1000日元（小盘600日元）也真的是物超所值的良心价。

接着给我们端上来的炸多耙银带鲭，伴着佛手柑汁的清香，口感也很清爽。煎成章鱼形状的红香肠更是有着令人怀念的味道，放在口中越嚼越香。

我们吃着吃着，便到了开店的时间，门口好像是一直在等着开店的情侣，在开店的第一时间冲进店来。接着，老主顾们也陆陆续续出现在店里，不一会儿，吧台座位上邻座的顾客们就已经开始热络地聊开了。

铃木店长说，最近一个人过来吃饭的年轻女孩子多了起来，也有很多顾客是专门来吃鲣鱼生鱼片的。

铃木店长骄傲地提到："最近，K大学的准教授、龟次郎和我，开发了一款不破坏鲣鱼细胞的冷冻保存，之后也能够完全解冻的解冻机，基本能够还原鲣鱼冷冻前的新鲜度。我们也准备在不久的将来把这个技术进行商业化运作。"

原来，铃木店长在经营居酒屋之前，是大学里研究素材工学的讲师，还曾经经营过废弃物处理研究开发的新能源产业等。

难怪店里的老主顾们都叫铃木店长"老师"，刚进来时听到我们还感到费解，他这样一说就明白了，原来他真的是老师呢。

我们看着菜单又在纠结该点什么，铃木店长便向我们推荐了萝卜荞麦面。他还说："在馆山，只要是婚丧嫁娶，招待料理就一定是萝卜荞麦面。在干面上加上大量的青菜，在加水的空当同时放入切好的萝卜丝，以防止开水外溢出来。这样一来，萝卜就也在里面煮得恰到好处，把青菜捞起来，用冷水焯一下，再与荞麦面混合在一起，口感就变得非常好。我们在努力让原本素朴的食材发挥它固有的天然味道，这也是我们记忆中的味道。"

正如铃木店长所讲，一般现在流行的传统吃法是在面的汤汁中放入切好的微辣的萝卜末。像它们店里这样，在青菜上放入切好的萝卜与荞麦面一起煮的做法我们倒真的是第一次见到。

我们刺溜刺溜地吃着荞麦面，都觉得有难得的让人怀念的味道，心里也开始变得暖暖的。

店里没有客人，但厨房还是像战场一样忙作一团

　　大众食堂的菜单上一定会有咖喱饭，但是大众食堂的宣传板上却很少写咖喱饭。这样想着，我们决定找一找有地道咖喱饭的餐馆。

　　我们查阅了一些资料后，发现了一家说是猪排咖喱始祖的"河金盖饭"。

　　《大众食堂》（野泽一马著／筑摩书房出版）中有相关记载：河金原本是浅草创业的西洋料理店。是从现在"河金盖饭"下谷店的店长河野纯一的祖父金太郎，在大正七年（1918年）做的西洋料理小摊开始发迹的。河金盖饭也是从那个时候开始诞生的，料理的名字最初也只是在菜单上简单地写着的猪排盖饭而已。

　　第二天，我们就立刻去拜访了下谷的河金。到店里的时候已经过了中午的饭时，店里早就没有了客人，店长河野纯一和他爱人都在看电视休息了。

　　"打扰了，还可以用餐吗？"我们不好意思地低声问道。

　　"进来吧，没有问题啊。"店长夫人温柔地笑着回答。

　　我们点了专门要来吃的河金盖饭，不大的工夫，炸猪排盖饭就

端上来了。果然是名不虚传的美味，我一口气就吃了个精光。结账的时候，我们开始央求河野店长能够让我们做下店里的采访，却立刻被无情地拒绝了。

河野店长说，之前的一些采访也没有拒绝，做过几次新闻媒体的采访之类的，但是现在店里没有继承人，小店究竟还能开到什么时候都成了未知数。所以他坚决不再接受宣传了。

要是没有什么特别好吃的，或者是不值一提的普通餐馆也就算了，但河金盖饭的确是值得取材的好店。

我们于是继续死皮赖脸，缠着河野店长想要进行采访。

"千束有我弟弟经营的一家店，那里有家族传承，也有河金盖饭，你可以去那里看一下能不能进行采访。"河野店长意外地将话题引开，让我们去千束店进行取材。

这样，我和安倍夜郎还有编辑横山就约好了在浅草的雷门前集合。我们穿过游客熙熙攘攘的浅草寺境内，直接从浅草纪念品大街的商店街出来。这样沿着道路往北走到千束大街商店街的浅草四丁目十字路口，在面前的小胡同左拐走70米，就看到了"河金猪排盖饭"的招牌。

从雷门出来我们大概走了20分钟，因为河金店在很难辨识方向的后巷里，所以能够找到这里的浅草寺观光客们很少。要是从最近的车站走，从筑波快车的浅草站下车走10分钟左右也能到达。

我们到时已经快下午5点了，店里已经没有了客人。一进门是7个座位的吧台，里面是4人一桌的两个圆桌。虽然看不到客人的影子，但厨房里纯一的弟弟谦二和他的侄子贵和却忙作一团，旁边谦二的爱人也在不停地接电话。

就像好不容易接到订单一样，谦二在饭菜做出来的第一时间，就用电动车去配送了。那之后的电话就没人接地任意响着，贵和则在大锅中一个接一个地捞起炸猪排，然后用菜刀咔嚓咔嚓地切开，最后再动作麻利地放到外卖盒子里。

"采访啊？我们的外卖如您所见，可能还得一会儿，我一边做饭一边回答您可以吗？"贵和面带歉意地说。我们当然没有意见，也就不再催促贵和，索性坐在吧台边，点了一份猪排盖饭和一瓶啤酒。

猪排盖饭果然不大一会儿工夫就端了出来，看起来和下谷店的一样，但是量少了点。价格上，下谷店是单品750日元，这里是加上豆腐裙带菜的味噌汁、什锦酱菜和盐揉萝卜，一共800日元。

他家在米饭的上面加了切成丝的圆白菜，炸猪排上面还混杂着些切成粗条的鸡肉，和浇汁的勾芡咖喱，一起装成盘被端上来。

我们用勺子挖一大口，发现咖喱和炸猪排的味道并没有混合在一起，而是上等里脊炸猪排的味道明显突出，切成丝的圆白菜的生味儿也用油焯缓解了一下，口感非常棒。

这里的猪排盖饭和乍一看上去是不一样的，整体上口感温润，也不用担心吃了不消化，我们不费劲儿地就都吃了两碗。

▲一百年前被浅草民众们喜爱的河金盖饭

对于在吉原工作的浴姬①们来说，猪排盖饭是很好的能量补给

据贵和讲，河金盖饭的味道从初代的金太郎开始历经一百多年也没有改变。

无论是河金的店名还是河金盖饭的菜名，都是从创业的河野金太郎那里因故得名。

从小摊铺做起的河金，在昭和二十六年（1951年）现在的浅草全景酒店旁边开了店，第二代的清光（金太郎的长男）继承了店面，那之后一直经营到昭和六十二年（1987年）清光店长引退。

虽然总本店没有了，但在昭和四十三年（1968年）金太郎的二

① 浴姬：日本洗浴中心提供按摩和陪伴洗浴的女服务员，也指从事风俗行业的"洗浴小姐"。

安倍夜郎的偷嘴

　　河金盖饭店里虽然一个客人也没有，后厨却忙作一团，外卖电话接连不断地打进来。"×××的小苹果，要一份每日更新便当。"这是吉原浴姬小姐们填饱肚子的美味。猪排盖饭、蛋包饭、河金盖饭都很好吃。我就着河金盖饭中挂着咖喱浓汁的猪排，喝了很多酒。

地址：东京都台东区浅草 5-16-11

营业时间：12:00 ～ 20:00

定休日：周六

电话：03-3872-0794

座位数：15 席

交通路线：筑波快车浅草站下车、徒步约 10 分钟即到

洋溢着昭和风情的中华食堂
"世界第一美味——韭菜炒鸡蛋"

寿中华
东京都杉并区

浓汁相宜的极品美味在《深夜食堂》中也有登场

我说想吃便宜又好吃的中华料理，安倍夜郎便推荐道："听说高圆寺那儿有一家世界第一美味的韭菜炒蛋的店。因为说是世界第一，我就好奇去过一次。"好像是高圆寺那里有位40岁左右喜欢研究吃喝的中年男子，遇到投缘的人，他就会像交换名片似的，给你一张他自己做的高圆寺周边的美食地图。

有一天，安倍去高圆寺站的高架桥下面的小餐馆喝酒，就碰到了正好来到店里的这位老哥，作为见面礼就送给了安倍一幅这样的美食地图。

"说是地图，实际上就是一张A4大小的单页纸，那张纸上就介绍了这家世界第一美味的韭菜炒蛋的店。"安倍接着说，不管是谦虚也好，厚颜无耻也罢，他偶尔会看到写着"东京第二美味料理店"的宣传板，但在这之上打出更大一级别"世界第一"的名号的店还真没见过。

当然，也许人家店里并没有标榜说是世界第一，只是这位好吃喝的老哥哥擅自给人家取的吧。那之后的一天，安倍说他就去这家传说中的中华料理名店吃了韭菜炒蛋。

"是不是世界第一我不知道，但是真的特别好吃。后来我也把它作为了《深夜食堂》的素材。"在《深夜食堂》中有这样的描写：

"老主顾的真由美点了韭菜炒蛋套餐加大碗米饭，店长就端出了浓汁丰盈的韭菜炒蛋。"看到这盘菜的年轻情侣不禁尖叫欢呼起来，"真的是韭菜炒蛋呢！"店主就会补充说明道："高圆寺有地道的中华料理店呢，是那里工作的父亲教给我的。"

就是这样的一盘韭菜炒蛋，被那位爱好吃喝的老哥哥尊奉为"世界第一"的美味，店名是叫"寿中华"。

这家店的韭菜炒蛋是勾芡的，会勾起人们的食欲和好奇心。听到这里，我和编辑横山就再也坐不住了，无论如何也要让安倍带我们去这家寿中华吃一次。

我们从JR高圆寺站南口出来，穿过延向青梅街方向的高圆寺友谊商店街，在一个信号灯路口向左拐走60米左右的地段上，就是寿中华的店了。店的构造是昭和时期中华料理店的模样和风情。

我们跟着已经混得脸熟的安倍进到了店里，迎接我们的是店长大高常男（80岁）和他爱人文子（72岁）。

右边是吧台，左边是两张圆桌。我们坐在了近前手边的桌子前，迅速地点了韭菜炒蛋和啤酒。

我们先用啤酒润了润干燥的嗓子，然后着急地等了几分钟。我们心心念念的韭菜炒蛋终于上来了，大块而完整的韭菜炒蛋就这样

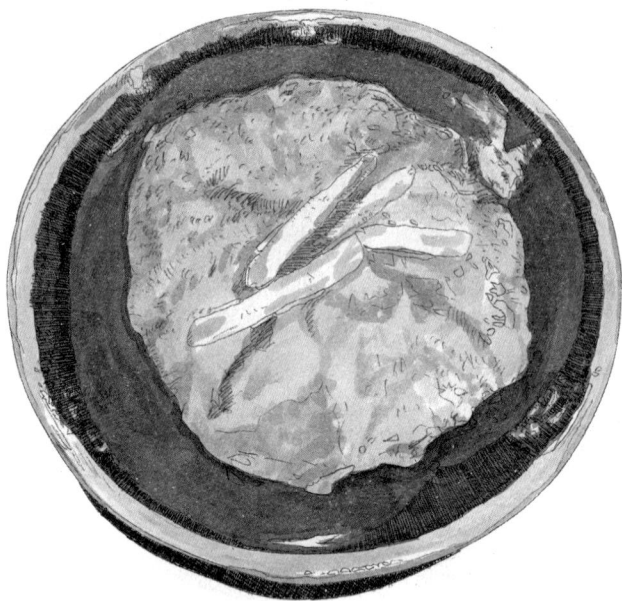

▲在《深夜食堂》中也有登场的世界第一美味韭菜炒蛋

挂着芡汁完美的呈现在我们眼前。我们把一整块菜分开放进嘴里。我和横山都瞪圆了眼睛，面面相觑。安倍看着我们惊呆的表情淡然地说了一句："很好吃吧。"

这里的韭菜炒蛋外观看起来是有点弹力的，谁知道一入口便立刻绵柔地化开，口感温润。不是很甜，也不是很酸，恰到好处的调味在嗓子眼里流淌，会让吃的人表情和心情都完全舒展开。嗯嗯，真是有口福，有口福，无论是作为佐酒小菜，还是作为下饭菜都是最高的美味啊，具有让人上瘾的潜质。

我们真想要一碗饭就着好好吃一顿，但因为还有其他想品尝的菜品，也就只能忍着了。

最受欢迎的烤肉套餐和著名的"豆芽拉面"

然后我们吃点什么呢？看着菜单，我们觉得套餐不错，面类的品尝也是不忍舍弃的。

我们问了店主，也研究了一下菜谱，决定点他们最受欢迎的猪精肉沙司烤肉套餐（800日元）、《朝日周刊》上介绍的天津面（700日元），还要了一份叫作赤丸急上升的豆芽拉面（700日元）。

烤肉套餐是把胡萝卜、圆葱、青椒一起炒，然后与沙司猪精肉、咔嚓咔嚓脆的莴苣、圣女果一起盛盘端出来的。带着烤生姜的香味，很下饭。

这样其实已经很好了，但是如果再在上面加上少许的柠檬汁和芥末稍微搅拌一下，那浓厚的口感中透着清爽的口感，更加让人回味悠长。

天津面是在传统酱油调味的拉面基础上，加入蟹黄鸡蛋的豪华单品。豆芽拉面基本也是酱油调味，但在上面会加上很多的韭菜和猪肉杂煮。

面质是稍微粗一点的压缩面饼，面汤是鸡肉、猪肉、胡萝卜、圆葱、鲣鱼干一起熬制的，食材渗出了原汁原味，再加上少许酱油汁，调味到微淡。

但蟹黄鸡蛋的调味就很重，里面有浓浓的杂煮的味道，与清爽的汤汁混合在一起，构成了绝妙的搭配。两者难分伯仲，我们在想，在中年大叔中最受欢迎的或许就是这种足够浓稠的豆芽拉面了吧。

店家却说："豆芽拉面在女性中也很受欢迎呢。有的女性客人，就好这一口，还专门从练马区赶过来吃呢。"

晚上店里的营业时间是从下午 5 点开始，在开店之前有对像是母女的老主顾走了进来。问起店里来的客人，店家笑着说："七八成是本地的老主顾呢。剩下的就是在杂志上看到，或者是听别人介绍过来的顾客。

"开店最初其实是以面类为主，没有套餐的。但这附近住的大多是学生，后来就增加了套餐。"

昭和三十八年（1963 年），大高夫妻新婚，以此为契机，在高圆寺南 3 丁目成立了中华料理店。5 年后搬到了现在的地址。

"当时店搬迁后还在想，离地铁站又远，怎么办呢？开店后也是，来的基本上都是本地的老主顾。现在过来的也有很多是当时住在附近的老主顾呢。有的当时的客人大学毕业了，在很远的地方上班，但是如果出差路过这里，都一定会过来光顾一下的。也正是这些老主顾的关照，小店才支撑到现在，已经有 52 年了。"大高店长感慨地介绍说。

我们在想，从开店伊始到现在，那些老主顾之所以还能来，或许就是因为大高夫妻的人格魅力，还有那多少年不变的已经融进每个人记忆中的味道吧。那一定是让他们怀念的味道。

寿中华小店真的是可以称为"小巷名店"的大众食堂，看到这样的店还在兴隆地经营着，着实是件令人高兴的事。真的希望大高夫妻能够这样世代把这家小店经营下去。

安倍夜郎的偷嘴 ✈

　　老头老太太开的套餐店明显越来越少了。如果熟悉这样的店的人一定会知道，他们有最亲切的一流的服务。寿中华就是这样的一家店。世界第一的韭菜炒蛋吸引着客人们跑过去吃。店里的炒饭也是一绝，那米饭中的每一粒，火候都是恰到好处。热腾腾香喷喷的大米，专门为客人们奉献着它独特的新鲜。

地址：东京都杉并区高圆寺南 2-18-10
营业时间：11:00 ～ 14:30　17:00 ～ 20:00
定休日：周六、周日、节假日
电话：03-3312-5365
座位数：15 席
交通路线：东京阿佐料谷丸之内线新高圆寺站下，徒步4 分钟即到

咖喱饭

咖喱饭中的炸猪排是绝佳的下酒菜

左古：提到咖喱人们最先想到的是日本最早的速食食品咖喱块，安倍，你怎么看？

安倍：咖喱块我也吃过，当时的速食食品还算是高级食品呢，很贵。塑料杯的速食好像也比袋装面贵2～3倍呢。

左古：是很贵啊。

安倍：咖喱块那个包装，记得是松山容子①当时在她主演的电视剧里做的广告吧。松山长得很漂亮，后来和那部电视剧的原作者漫画家棚下照生结婚了呢。

左古：啊，是吗……

安倍：那部电视剧像是《座头市》②的女性版时代剧呢。

左古：提到时代剧，演《素浪人花山大吉》的品

① 松山容子：1937 年生人，是日本昭和时期非常活跃的女演员。
② 座头市："座头市"是日本银幕上著名的盲者形象，日本有多部以此为题材的影视作品，较为经典的有 1962 年的《座头市物语》以及 2003 年由北野武导演并主演的《座头市》。

川隆二在开始也做过广告吧。

安倍：那个我不记得了，但记得《花山大吉》那部电视剧在高知是在周日的中午播放呢。前面的节目是玉置宏主持的《明星模仿大作战》。《花山大吉》是《素浪人月影兵库》的续集，用的是原班人马。

左古：近卫十四郎和品川隆二。笑福亭仁鹤还曾带着孩子一起在里面做广告呢。

安倍：台词是：请稍等 3 分钟。

左古：是，那个广告词是：大塚的咖喱块，放在面包里就是面包咖喱。从那个广告开始，我才知道原来咖喱也可以放在面包里。

安倍：当时还有"记忆中妈妈的味道"这样的广告语呢，好像也很流行。

（选自《深夜食堂》第 1 集 猪排咖喱饭）

把从冰箱里拿出来的稍微有点结冻的隔夜咖喱浇在热腾腾的米饭上……

在咖喱的融化中吃着米饭。

（选自《深夜食堂》第1集隔夜的咖喱）

我喜欢就那样吃刚从冰箱里拿出来的咖喱块。

左古：出演广告的南利明的名古屋方言味儿现在还在耳边呢。但是自己家做的汉堡的记忆已经完全没有了。

安倍：我也不记得了。

左古：咖喱饭本来是最好吃的。关于咖喱饭的创始公司，有的说是丸善集团，有的说是上野精养轩，当然多数的公司，都会说自己是初祖，而各家店的味道实际上也确实是完全不同的。

我喜欢作为日本国民食物受大众喜爱的在食堂等大众餐馆里都会有的咖喱。

安倍：池波正太郎[1]说喜欢东京炼瓦亭的咖喱米饭。

左古：银座的那家炼瓦亭吗？

安倍：是啊，我吃过一次，的确是很好吃。

左古：说起炼瓦亭还是新富炼瓦亭的海鲜咖喱比较好吃啊，麻麻辣辣的味道，配啤酒真是一绝。

安倍：咖喱让人能想到印度呢，印度人给人的印象就是都戴着头巾，但好像也不是所有的印度人都裹着头巾吧。

左古：是嘛。都什么样的人会裹头巾呢？

安倍：具体的不清楚，可能跟宗教有关。

左古：是嘛。不知道放的是什么，印度的咖喱和专门店的咖喱确实都很好吃啊。但我还是喜欢那些作为日本国民食物受大众喜爱的在食堂等大众餐馆里都会有的咖喱。安倍，你喜欢什么样的咖喱呢？

安倍：我喜欢放有圆葱、胡萝卜、土豆和猪肉的家常咖喱。在《深夜食堂》里也写到，比起热乎乎的咖喱饭，我更喜欢放在冰箱里然

---

① 池波正太郎（1923—1990 年）：日本著名小说家。擅长写时代小说、历史小说，在日本有"日本之金庸、高阳"之称。代表作品有《剑客生涯》《鬼平犯科帐》《真田太平记》等。

后第二天拿出来，边吃边融化的咖喱呢。

左古：我倒是没吃过凉的咖喱块，味道怎么样啊？

安倍：反正我是喜欢啊。（笑）味道会变得很重。我没想在《深夜食堂》里宣传它有多好吃，只是建议在温热的米饭上，放上刚从冰箱里拿出来的冰冻的咖喱块，然后可以一边吃一边看着它融化。

左古：我也认为小的时候妈妈做的咖喱饭是最好吃的，在高专上学的时候，记忆里食堂的咖喱也很好吃。我第一次吃带着猪排的咖喱时，觉得自己也是富人家的孩子了。猪排咖喱的话，河金盖饭家的味道不错呢。

安倍：河金盖饭真好吃啊。吃猪排咖喱的时候，饭要少加，用筷子吃好一些。就着炸猪排，喝着啤酒是最好的。腌大蒜和什锦酱菜也都是好的下酒菜。

左古：因为这样吃着喝着，吃不了多少米饭，肚子就饱了。

安倍：是那样的啊，咖喱和炸猪排一起吃，很容易饱，也就没有多少肚子吃米饭了，所以少添米饭也是对的。

小池吃的拉面，现在还有呢

松叶
东京都丰岛区

烧酒中调配汽水的酒叫"都铎"

昭和四十年（1965 年）上小学的我，一提到拉面就会想到"小池"。小池是藤子不二雄（藤子・F・不二雄和藤子不二雄 A 共同的笔名）的漫画中，戴着眼镜、头发自来卷的一个中年男人。

在那部漫画中，无论是作品销量不佳的漫画家，还是职场失意的男职员，都是一边吃着拉面，一边刷着和主角一样存在感的配角。

其实最初在《怪物 Q 太郎》中登场的人物不叫小池，是住在小池家的铃木。但是由于所描写的小池家门牌上鲜明地写着"小池"，所以很多读者就把他的名字误记为小池定格下来。

漫画中小池吃的拉面在现实中也是有原型的。位于椎名町（现在的丰岛区南长崎）的"常绿庄园"①记录着在整个日本漫画史上留名的漫画巨匠们的青春时代，在那里，有一家现在还在经营的叫作"松叶"的店，他家的主打料理就是那个小池吃的拉面。

"松叶"店在藤子不二雄的自传性漫画《漫画之路》中也被反复描写过。

作品中常绿庄园的庄园主寺田宽郎有"决定把搬进常绿庄园的

① 常绿庄园：在东京都丰岛区南长崎 3 丁目，自 1952—1982 年存在的一所木质别墅，因是手冢治虫等漫画大家曾经的居住地而闻名。

搬家宴，设在旁边的松叶餐厅"这样的台词。从这里我们可以看出，那时候或许只要是附近来了新住户，都是在松叶餐厅点外卖来庆祝搬迁和欢迎新邻居的。

我们又查找了些常绿庄园的相关资料，包括手冢治虫、石之森章太郎、赤塚不二夫等名气响当当的漫画家的相关作品，其中都有对松叶店里拉面的赞美之词。

所以为了吃到传说中的拉面，我们决定去松叶走一趟。

松叶餐厅在目白大街二又商店和南长崎嬉笑商店街的连接处，正面就是被通称为"常绿庄园大街"的大道。店前 30 米左右的位置是存续到昭和五十七年（1982 年）的常绿庄园旧址，现在是设计安置了仿造当时建筑的仿制建筑。

在附近的南长崎花园，也有写着"常绿庄园大厅遗址"这样的标牌，在常绿庄园大街也设置有"丰岛区常绿庄园大街休息处"这样的免费设施，从这些名字可以看出，政府其实是在努力把常绿庄园作为这周边的地域文化传承给下一代。

松叶餐厅是现存的唯一一所与常绿庄园有关的餐饮店，至今仍吸引着全国各地的昭和漫画迷来到这里。对昭和漫画粉丝们来说，这里就是圣地。

我们和店主约好了在下午 4 点到 5 点店里的休息时间进行采访，所以 4 点刚过店主山本丽华就已经在等我们了。

店里吧台、圆桌和小座席一共是 24 桌，设计小巧，墙上装饰着来店漫画家们的彩纸和短册子的菜单，菜单上的菜品出乎意料地丰富。

▲人气第一的拉面里面的叉烧也是肉质肥厚

从煎饺、炒饭到黑板烤肉套餐、油炸食品套餐、酸猪肉套餐等，店里的菜品种类繁多，应有尽有。

店里最引人注目的是写着"有都铎酒！常绿庄园拉面盖饭"的宣传语。

现任店主丽华是平成二十三年（2011年）去世的第二代店主山本一广的爱人。从菜品调味到配置食材，再到装盘，一直都是她一个人在做，她独自支撑着这家传统老店。

我们细问起来才知道，丽华的祖籍是中国福建省，在平成三年（1991年）和山本一广结婚后来的日本，之后夫妻俩就一直经营着这家店。

"在中国的时候我是上班族，根本没有做过饭，反倒是到了日本以后开始做中国的饭菜。"丽华微笑着说。

松叶餐厅是昭和二十五年（1950年）一广的父亲一志一手创办的，丽华嫁过来的时候一志已经不在人世，一广就继承了家业。

"最受欢迎的是拉面吗？"我们问。

丽华笑着说："是呢，90%的顾客都会点拉面。剩下点的比较多的是煎饺和春卷儿。我自己对做拉面还是有自信的，其他的料理嘛，水平就将就啦。"我们先要了都铎酒（350日元）和凉拌豆芽（100日元）。

"常绿庄园"的漫画家们喜爱的昭和拉面

我们一边就着凉拌豆芽，一边大口喝着都铎酒。这酒有点甜，味道很不可思议。

这款名字听起来有点别扭，叫都铎酒的酒，据说是当时在常绿庄园生活的漫画家们想出来的，是在烧酒里兑上一定比例的汽水。

当时，住在常绿庄园的漫画家们还都很穷，而当时纯酒精的饮料很贵，于是他们就用80%的碳酸饮料兑上20%的烧酒，这样兑着喝。而再现当时常绿山庄的漫画家们喝过的酒的，就是这款松叶餐厅发明的都铎酒了。从全国跑过来拜访漫画圣地的热心漫画迷中的一大半，来了之后都是拉面和都铎酒搭配着一起点的。

我们慢慢小口抿着都铎酒，经常采风的三个人就开始研究菜单。没有拉面（500日元）就不算吃饭，然后按顺序来、煎饺（400日元）、春卷儿（400日元）、炒饭（600日元）、油炸食品套餐（700日元），还有烤肉套餐（700日元）。

丽华店长说煎饺、春卷儿、炒饭都是"水平将就"，那纯粹是谦虚的说法，实际上好吃得不得了。

烤肉也是蘸甜面酱的回锅肉，带着甜辣的味道，和米饭简直是绝配。

油炸食品是多汁的，颜色很深很好吃。就着这油炸食物，比起都铎酒，如果喝上一杯啤酒会更带劲儿吧。

再下来就是压轴的拉面登场了。它看起来和传统的东京拉面一样，煮鸡蛋、咸笋、裙带菜、葱、叉烧点缀在上面。

浓汤主要是以鸡骨架为主，配有猪肉、蔬菜、杂鱼干、海带等熬煮的汤汁浓厚的日式高汤，味道细腻鲜美。在浓汤中浸润着弹力十足略粗的干面。

这样的面可以叫作中华荞麦面，那是酱油香气漂浮的让人怀念的拉面，香味缓缓蔓延，美味无限。

现在拉面也是日本人的国民主食，从札幌的味噌拉面、博多的豚骨拉面到现在新出现的各种拉面，做法千千万万，价格也逐渐涨了起来。

这样的情况下，素朴的酱油拉面反而少见了。

在这个意义上说，松叶餐厅是在坚守着为最初常绿庄园的漫画家们制作的拉面的味道，这很难得。

一杯一杯喝着都铎酒，就像尝着爱情的滋味，身心满足，也会想象着如同《漫画之路》的主人公那样，将"嗯……好吃……"大喊出来。

而这样的舌尖盛宴500日元就可以搞定，真的是物超所值。

安倍夜郎的偷嘴 ✐

　　来拜访漫画圣地常绿庄园的人都会顺便拜访下松叶餐厅，点一份昔日年轻的漫画巨匠们吃的拉面。在追忆往昔的似水流年中，唯一留下来的就是这家松叶餐厅，我们感谢它经年不变地一直为人们保留着当初的味道和曾经的记忆。

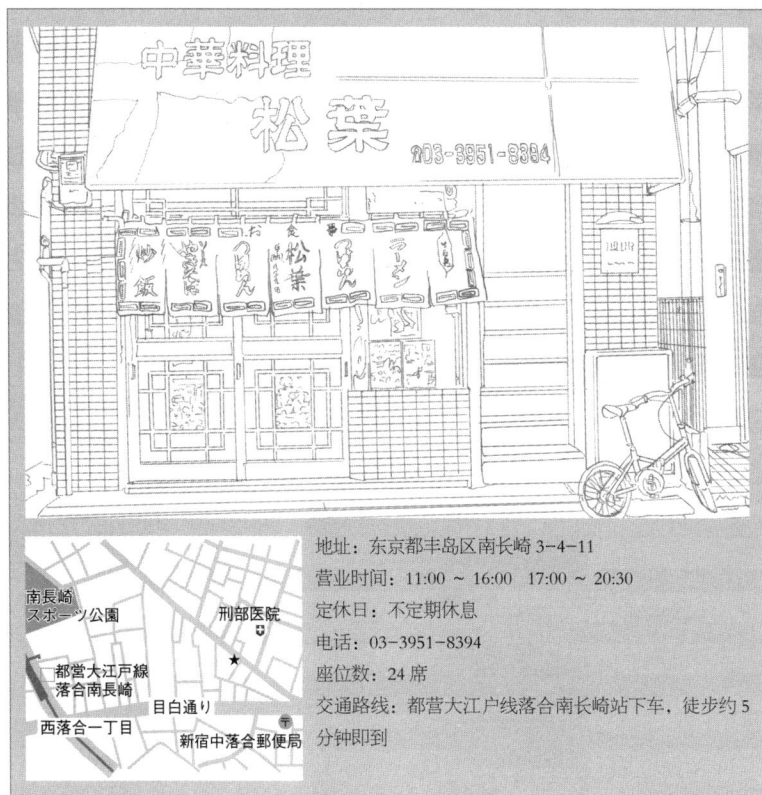

地址：东京都丰岛区南长崎 3-4-11
营业时间：11:00 ～ 16:00　17:00 ～ 20:30
定休日：不定期休息
电话：03-3951-8394
座位数：24 席
交通路线：都营大江户线落合南长崎站下车，徒步约 5 分钟即到

怀旧街道上可白日畅饮的大众食堂

野方食堂
东京都中野区

每天去吃也不腻，提供食材最原始的味道

在东京都中野区有一家白天也可以畅饮的口碑很好的民间大众食堂。在从野方站下车徒步大约1分钟即到的好地段上，赫然写着"可饮酒食堂"的字样，优越的地理位置或许也是这家店受爱在白天喝酒的人欢迎的原因之一。

因为店里的规矩就是"即使是白天，也可以喝个痛快"，所以在这样的氛围下，即便是白天也可以不顾别人的眼光，随便点菜，肆意喝个痛快。

而且对于喜欢就着小菜喝酒的吃喝一派来说，这里也是难得的好地方。

店里的营业时间有两个时间段，分别是从中午11点30分到下午2点45分和下午5点30分到晚上11点，像食堂一样开到很晚，所以工作晚归的人们也可以吆五喝六地喊几个人一起去吃。

店里很干净整洁，是宽敞明亮的风格，独自一人的女性或是无意间第一次看到小店的客人都可以随意安心地进店。

店里的顾客有当地全家老小一家子的老主顾，年迈的父亲、年

轻的情侣、工薪职员、专门从远地方过来的白天吃喝一族，层次身份各样。店里提供的菜品是家常的套餐，使用应季食材的季节性菜单。盖浇饭、生鱼片等一应俱全，主打料理的种类丰富多样。

酒精饮品、啤酒、麦酒、威士忌苏打、葡萄酒、果酒等酒类也很丰富。小菜有冷盘山药泥 140 日元，土豆沙拉、炒鸡蛋等 220 日元，这样的一系列各种各样的小菜，也都价格合理，客人可以安心点菜。

大厅里工作的服务人员也都亲切周到，让人一见就心生好感。

我深切地感到，这家店之所以广受欢迎，除了菜品好吃之外，接待顾客的周到和细腻、人性化的服务或许也是其中的原因吧。

等过几天我们再去的时候，是店里刚开始夜间营业的时间，店里却早已经满员，老主顾的家庭聚餐、附近的商店老板、工薪职员，各种各样的顾客已经热闹地吃起来了。

那样的场景不禁让人想到昭和时代，一大家子人围着桌子吃晚饭的情形。这家店给人"民间的普通厨房"的感觉。因为店里的客人络绎不绝，我们便把采访时间放在了下午三点到五点。

到了下午两点半，一看店里，还是人头攒动。仔细看店里的橱窗中的陈列，与食品的样品一起，有一张手写的店里经营理念的广告牌——"这是一家始于昭和十一年（1936年）祖辈开创的'饭食屋'。三代的传承，历史珍贵。我们为您提供天天来吃也吃不腻的家常味道。正是怀着这样的情怀，我们立志把本店经营为民间满意的大众厨房"。

这与我们在采访过程中感受到的民间厨房的风格是无比吻合的。离约定的时间还有半个小时，所以我们决定到周边转转。这里虽然是市中心，但是以车站为中心，无论往南还是往北，都是一样的市井景象，都留有昭和时代的风情。商店街上古老样式的蔬菜水果店、小餐馆等鳞次栉比，周边也没有较高的建筑，这里是一个相对成熟的生活方便的居民生活区。

这样说起来，我倒是想起来一位相熟的年轻女编辑说过："野方在村上春树的小说《海边的卡夫卡》中也有描写过的，是具有浓厚乡村气息的小镇。"

按照她所讲，田园风好像就是表示"怀旧风的纯粹"。的确，这条大街就像穿了一条复古牛仔裤一样，让人生出浓浓的怀旧情怀。

炸鸡肉和烤生姜的 A 套餐最受欢迎

到了约定的时间我们重新回到店里，第三代店主齐藤公和与妻子桂夫人迎了出来。"这里还保留着让人怀念的商店街的风貌啊。"我们这样有意识地引导着他们说。

公和店长回答说："这一带没有受过空袭的破坏。现在看是有五条大街，是以车站为中心的呈放射状的五条商店街。这一带在战后不久就开始被起用，很多购物的人都来这里，很热闹。虽然我们自小就长在这里，但并没有那么明显感觉到有什么怀念……"

"好像是被称为山手的平民商业区呢。"千叶县人的桂夫人补充道。

我们问起店的历史，公和店长说："食堂是祖父在昭和十一年

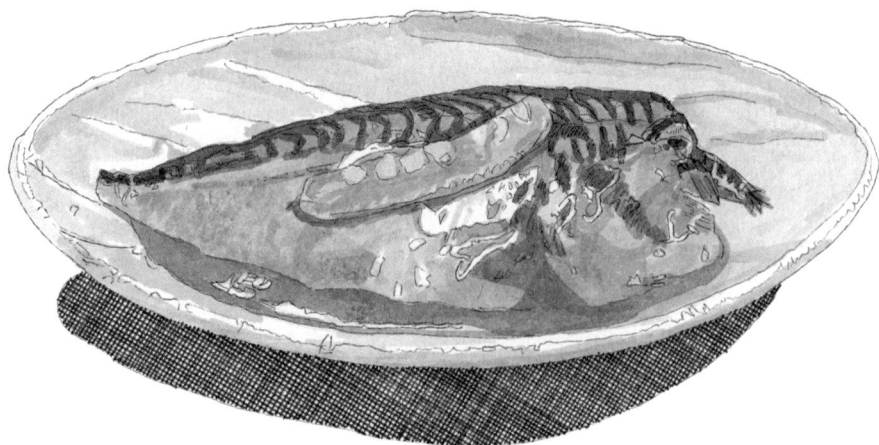

▲甜淡适中的烤青花鱼是传统的珍品

（1936 年）创立的，那之前祖母经营着一家叫作'太阳轩'的小店，卖些日式点心。好像在战争中被用作使用外食券的食堂来着，以前在野方有很多套餐店，随着时代变迁渐渐都消失了。"从公和店长的介绍中，我们可以看到大众食堂的隆盛以及野方街道的历史。

现在的建筑物是在昭和三十三年（1958 年）才翻新的，店铺也都在平成十九年（2007 年）进行了重新装修。虽然从店的构造上已经很遗憾地看不出它悠久的历史了，但整洁清新的环境让任何人都能够在这里轻松愉快地就餐。

问起来，一起经营店的有第三代店长公和夫妇、第二代店长胜郎夫妇，总共加起来有 10 个店员，才能够让这么大的一家店正常运转经营。

我们点了最受欢迎的 A 套餐（920 日元）和第二代店长增加的菜品，秋冬的超人气料理"杂煮豆腐"（490 日元），还要了烤青花鱼

（510日元）、咖喱杂煮（710日元）、大碗猪肉味噌汤（390日元）、腌茄盒（140日元）、黄瓜海带拼盘（220日元）、本地鸡尾酒（400日元）。

不大会儿，我们点的菜品就陆续端上来了。A套餐是店里两大人气美食炸鸡肉和烤猪肉生姜搭配在一起的超值套餐，大块的炸鸡肉有两块，足量的烤猪肉生姜上面还加了切好的圆白菜丝，看起来就很好吃的样子。

炸鸡肉外面的裹衣，是一咬嘎巴响的脆感，每咬一口都能吃出鸡肉香美的味道。

烤猪肉生姜选择的是肉质新鲜的猪肉，经过精心调味，搭配着米饭来吃。

杂煮豆腐是把豆腐和鸡皮一起煮了一个晚上，我们会尝到绵柔的豆腐的香味已经浓浓地融入原汤中，可以就着本地鸡尾酒（威士忌兑部分乌龙茶）咕嘟咕嘟地喝下去。

烤青花鱼的做法，调味随着时代改变比以前稍微变清淡了些，但做法和当初一模一样。沿着青花鱼的肌理一块块吃着鱼肉，口中留下的都是青花鱼的鲜美。

马舌鲽鱼的杂煮还没做完，已经浓浓地入了味，猪肉也渗透着麻油的香气，整个人从心往外都变得很暖。

腌茄盒和黄瓜小菜作为佐酒小菜是最合适不过的了，都是难得的美味佳肴，能让人们感觉到在餐馆吃饭的美妙。啊，好吃！又找到了一家下次还想过来的名店呢。

安倍夜郎的偷嘴 ✍

晚上 10 点一过，第三代店主的妻子桂夫人会看着从野方车站陆陆续续走出的人说："啊，客人来了。"所以营业时间也改成了从晚上 9 点到 11 点。有很多顾客是在马上要打烊时嘟囔着"还好赶上了"快速冲进店里的。这里保留着昭和套餐餐馆的风情，调味和菜单都很有那个时代的情怀。

在这个平成的套餐店，有我们当下想吃的所有的民间小食。

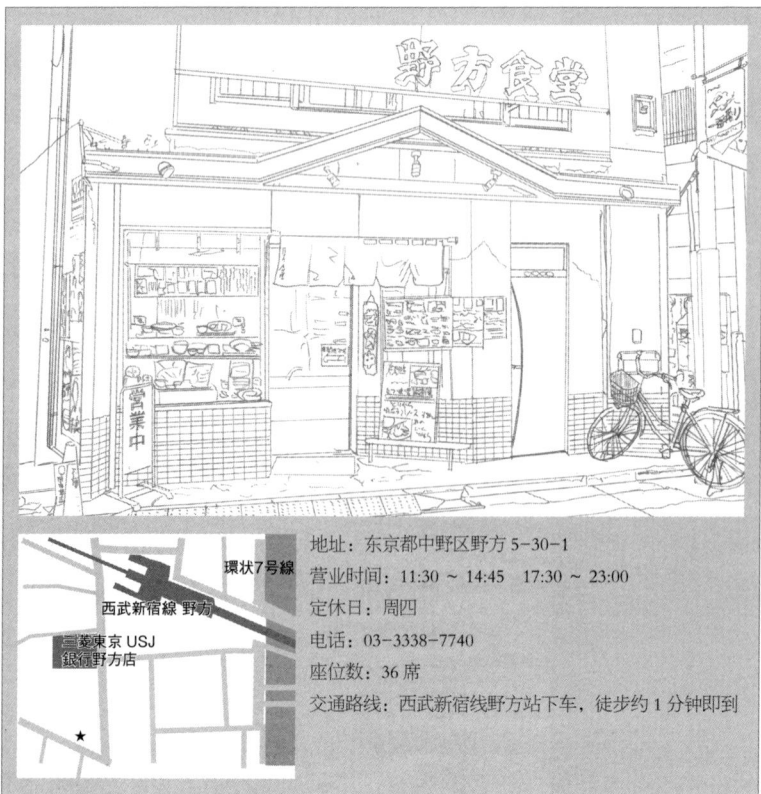

地址：东京都中野区野方 5-30-1

营业时间：11:30 ～ 14:45　17:30 ～ 23:00

定休日：周四

电话：03-3338-7740

座位数：36 席

交通路线：西武新宿线野方站下车，徒步约 1 分钟即到

炸鸡

午间一手拿着啤酒，一手吃着炸鸡，真是人间美味

安倍：炸鸡是在年轻人中最受欢迎的菜品了。除了不吃鸡肉的人，炸鸡在年轻人中真的是有超高人气啊。

左古：我还没有看到身边讨厌吃炸鸡的人呢。在我们这本书所访问的 20 家店铺中，我们吃过野方食堂、松叶餐厅和四万十市的绫食堂的炸鸡，每家店的炸鸡都舒爽干脆，口感很好。

安倍：炸鸡一般要一口吃下去，民间食堂的鸡块很大，有满满的口感，很难忘呢。

左古：除了分量十足之外，上面蘸着的特制的蜜汁也很好吃。绫食堂的炸鸡也是人气食品，不光是因为安倍小的时候就去吃过，而是这么好吃的店真的是少有。

安倍：我只在喝酒之后很晚的时间去那家店，每次都会点拉面和杂煮。

左古：绫食堂的炸鸡把椒盐单独拿了出来，客人可以根据自己的喜好点撒，这一点很好。

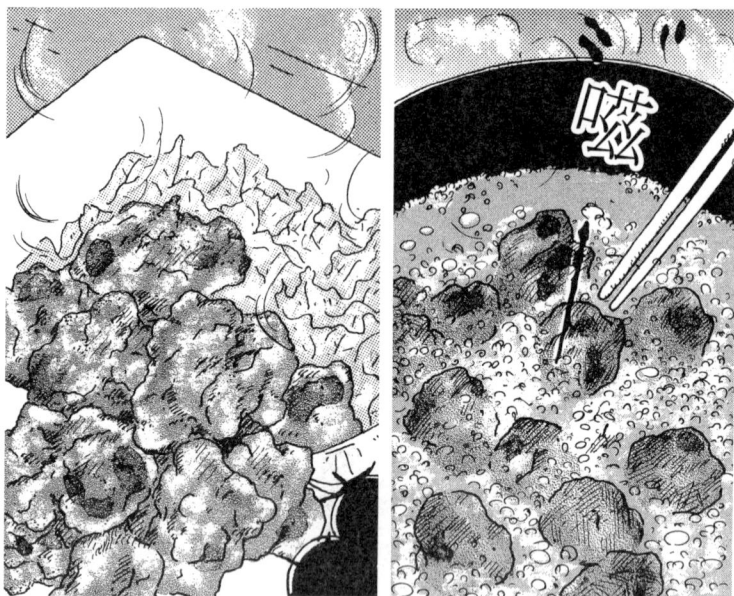

（选自《深夜食堂》第 3 集 炸鸡块）安倍夜郎

安倍：松叶餐厅的炸鸡也吃过，也不错啊！各店的炸鸡都很好啊！寺子屋的油淋鸡也吃了吧？

左古：油淋鸡在嘎吱嘎吱脆的炸鸡上面淋浇了酸甜的香味沙司，能瞬间勾起人的食欲。我真的没有想到在那家店里能够吃到那么好吃的油淋鸡。

安倍：真地道呢。

左古：那样的美味 500 日元真的很值了。

安倍：和这个比起来，为什么中华料理中的炸鸡却那么贵呢？

左古：如果说起来，可能是因为中华料理中的炸鸡整体都偏贵吧。

安倍：居酒屋中的炸鸡也不是很贵，又是为什么呢？

左古：可能是因为居酒屋中菜品的量也不是很多，食材贵一点也无所谓吧。我想起还在国道下吃过炸翅尖呢。炸翅尖是到了名古屋的餐馆才吃到的，首都圈好像不大能吃得到，偶尔吃一次，真的很好吃。

安倍：油炸食物由于食材便宜，炸出来又看着很多，以前在家庭料理中每家可能都经常做呢。

左古：我们家偶尔会做，刚炸出来的热乎乎的真好吃啊！油炸食物放时间长了就不好吃了，所以一炸出来立刻吃是最好的。

安倍：是的是的。油炸食物是不能放的。

左古：油炸食物，不同的店，有的会放蒜，有的会放盐，如果调味，您喜欢什么样的呢？

安倍：我喜欢有椒盐的，不是很咸，口味淡淡的那种。我喜欢肯德基的炸鸡腿。（笑）每次吃肯德基都要在附近找一下，带着炸鸡腿去哪儿吃比较好呢？

左古：这是为什么呢？

安倍：因为吃着脆脆的炸鸡腿总想着能喝一杯就好了。

左古：肯德基里没有酒吗？

安倍：没有，还不让自带。那也是一段时期那样卖，现在可以了。所以那个时候为了不给店里添麻烦，就自己找能喝酒的地方。啤酒在火车站的报刊小卖店也有卖，我就提前买好。（笑）

（选自《深夜食堂》第 3 集 炸鸡块）安倍夜郎

左古：那炸鸡腿带回家，味道不会变吗？

安倍：那倒不会，但是会变凉。那个时候，肯德基只有车站附近有，离家很远，我就总想着能早点吃上热乎乎的炸鸡，就着啤酒喝一口。（笑）有一次想在车站前面的西友①的房顶吃上一顿，等买好了炸鸡和啤酒过去一看，已经过了营业时间，人家都关门了。所以拎着东西就想，这可怎么办，在哪里吃呢。所以人生有的时候真是束手无策。（笑）现在好像是便利店啊什么的都有卖炸鸡了吧。

左古：都有了。一般工作的地方一楼都会有便利店，我偶尔也会买来吃。

---

① 西友：指日本的西友百货，主要经营连锁超市。

我每次都迫不及待等着刚炸好的新鲜油炸食物，就着啤酒吃个够。

安倍：啊，要是天气好的时候，午间休息，在公园里喝着啤酒吃着炸鸡，那该是多么美味。

左古：那真的不错啊！能够在午休时间在户外喝着啤酒吃着炸鸡，想想就无比惬意啊。

安倍：在野外能够就着啤酒吃的，最佳伴侣也就是炸鸡了。

左古：这样一说，小的时候春游或者运动会的时候，便当里一般都会放炸鸡啊。户外烧烤的时候虽然烤青花鱼、烤猪肉、烤鸡肉等是主角，但远足或者郊游带的便当里还是少不了炸鸡啊。

安倍：是啊。炸鸡是便当的主角。但是和以前相比，现在的量小了很多。到稍微讲究的店里，看到有炸鸡小拼盘可以免费品尝，学生时代的我经常第一个伸手抢着拿着吃，一口就吃没了。（笑）

午间休息能够在户外边喝啤酒边吃炸鸡，真的是人间美味。

烟火红尘是最好的调味料
"歌舞伎町"后巷的吃酒处

寺子屋
东京都新宿区

经营小店的是出演情色电影的美女演员

最近，经常看到很多餐馆的看板上写着"深夜食堂"的字样。这显然是为了蹭安倍夜郎《深夜食堂》的热度，无论在大阪，还是在我工作的地方附近，最近好像陆续都有叫"深夜食堂×××"的餐馆开业。为此我曾问安倍："店名用'深夜食堂'的餐馆多起来，您没有申请商标专利吗？"

"我没申请。店里的人一定都是看了我的漫画或电视剧，觉得合适才用了这样的名字吧。我还要感谢他们的捧场呢。"安倍的回答回归了人性化的善良。与深夜食堂相关的，其实还想说的是，在网络上检索同样的冠以"深夜食堂"名号的店还有很多，新宿歌舞伎町的餐馆中，就有几家是这样的，实际上却和深夜食堂一点关系也没有。

但是，在新宿的花园街周边，倒确实是有那么一家这样的餐馆。想着店里也需要宣传介绍，就申请了几次过去采访，但都因为店主说怕影响了老主顾们，而最终没能成行。

虽然不能说是顶替上面那家店，但我们还是去走访了另一家。

▶油淋鸡地道的美味，让人食欲大增

个人觉得现在取材的这家店，还是能够与上面那家店相媲美的。这是一家有特色的小酒馆，去到店里的人，都能够隐约感受到"深夜食堂"所独有的，烟火红尘的味道。

这家店叫"寺子屋"，在歌舞伎町中供人们休闲娱乐的风林会馆①后面巷子的尽头。

实际上这附近还有一家与这家店名一样的店，在网上的口碑很不好。我们走访的这一家，老板娘是引退的魅力十足的美丽女人。

在电视剧版的《深夜食堂》中，老板小林薰在开篇有这样一段独白：

① 风林会馆：日本东京新宿区歌舞伎町中的高级娱乐会所。

一天结束了。人们在路上赶着回家的时候，我的一天才刚刚开始。（中略）营业时间是夜里12点到早上7点左右。人们称这里为"深夜食堂"。您问有客人吗？客人还真不少呢。

我们这次走访的寺子屋，就是能够看见黎明东方鱼肚白，能够伴着天蝎座星星，点灯初上的喝酒的好地方，如果模仿一下《深夜食堂》中的那段独白，就是：

规矩的职业人奔赴职场，我也开始了我的一天。营业时间是从早上8点到下午5点。人称"明星酒馆"或者是"白昼居酒屋"。您问有客人吗？当然有。而且还不少呢。

我们知道有为了夜里加班的劳动者早上开门的速食快餐店，但早上8点就开门的居酒屋还是头一次听说。按照常识来想，也不可能有一大清早就来喝酒的顾客。但是这里是被称作日本第一欢乐街"不眠街"的歌舞伎町啊，无论是早起赶去开店的餐馆老板，还是继续昨晚酒局的酒豪们，都会来这里。

我们到的时候正好是下午2点。推开门走进店里，有三个人正喝得起劲。店里是只能容下7个人的吧台座位，空间狭小，我们得到店主工藤翔子的默许，在空着的高脚凳上坐了下来。

如果是人多的时候，在高脚凳的后面或者是一进店门的地方站着喝酒，也是店里的常态，周末常常能够看到这样的光景。

即使是站着也要来这里喝酒的顾客当中，有很多是被工藤老板娘亲手做的饭菜和她个人魅力吸引的铁杆粉丝。

这样说来，这位工藤店长不仅是这家小酒馆的女老板，她还有另外一个身份，就是日本情色电影中官能演技派的女演员。她在平成二十六年（2014 年）夏天出演了《罪偿～新宿金街的女人～》，这也是她息影 13 年后重返荧屏的作品。

"以前，新宿有个地摊村，那儿的杂煮店主是我岩手县的老乡，我们关系很好。光靠出演情色电影是吃不饱饭的，我就拜托在他那里帮忙，从 27 岁被店长雇用，最后店长也把店给了我。"

但是后来地摊村被拆了，工藤就重新找开店的地址。最初想在金街开，但是已经没有空店面了。到处找着的时候，发现了现在这家店的地址。那是平成十二年（2000 年）11 月 1 日的事情，离今日我们到访已经 15 年了。

就着地道的油淋鸡，咕嘟咕嘟地喝着"穷人勾兑"酒

作为性感明星活跃的工藤在平成七年（1995 年）以主演濑濑敬久导演的《没有终结的性感》开始在情色电影界出道，后来以结婚为契机引退。那之后就专心相夫教子。"重新开始演员职业，是在我离婚之后。"工藤不顾我们的惊讶接着说。之后她就在酒馆女老板和女优的角色之间游刃有余，乐此不疲。

"因为有很多客人过来，这也使我的演技上了一个层次。年轻的时候演不了被强行的戏份。但是客人里很多是欲拒还迎的场合，现在我对自己的演技很有自信了。"说着，工藤的脸上浮现出了微笑。不管怎么说，寺子屋就像是工藤观察人间磨炼演技的地方。

我们听完工藤的讲述，店里正好来了一位老主顾。他坐在了最里面空着的高脚凳上，要了一杯听起来不顺耳，名字叫作"穷人勾兑"的饮品，一问才知道，就是在烧酒里兑上可尔必思①。

以前，穷人家里，都是在少量的酒精原液中兑入大量的水，这样兑出味道很淡的可尔必思来喝。店里"穷人勾兑"酒的酒名，据说也是那样起的。可尔必思有甜酸的味道，酒精味道不是特别浓烈，所以适合配菜。

于是，我们也决定要一杯"穷人勾兑"酒。店里饮品一律是500日元，下酒小菜有500日元和300日元两个价位。

在那位老主顾的推荐下，我们还要了油淋鸡和猪肉鸡肉混合奶酪、带子咖喱煮和烤饭（各500日元）。

被炸得酥脆的鸡肉浇淋上特制创新的沙司，猪肉、鸡肉和奶酪三位一体，完美融合的猪肉鸡肉奶酪，都比想象中的好吃太多，味道很正。不用说，煮鱼、烤饭也是绝品的美味，这些都和穷人勾兑很配。

在品尝料理的同时，看着工藤和老主顾充满风情的人间烟火更是最好的调味料。人与人之间的对话，是最好的佐酒佳肴，所以在这里的客人们会不知不觉就度过了愉快的时间。

因为是很想去的有魅力的店，所以进店前还是需要熟人引荐的，否则去过两三次，老板娘或许都不会记得。店里虽说是会员制，但如果是不被老板娘认可，即便愿意交钱，也是会被拒之门外的。

---

① 可尔必思：日本饮品品牌，作为国民饮料深受日本民众喜爱。

安倍夜郎的偷嘴 ✎

开店是在早上 8 点左右。乍一看，好像是很正规的时间，但是寺子屋却不是咖啡店，而是小酒馆。

顾客清一色的都是昨天一直喝酒到现在的人，或者是白天也想喝一小口的人。这样的老主顾都很难缠，兼职女优的店老板翔子却应付得游刃有余。结了账，外面天色还亮着，黄金街一天的营业时间差不多又快到了。

地址：东京都新宿区歌舞伎町 1-3-10
营业时间：8:00 左右 ~ 17:00 左右
定休日：周一、周二（有时不定期休息）
电话：不公开
座位数：7 席
交通路线：JR 新宿站下车，徒步约 5 分钟即到

呼吁列入有形文化遗产
在横滨平民区备受青睐的大众食堂

埼玉屋食堂
神奈川县横滨市

充满魅惑的酒精饮料"烧酒兑咖啡"

就像人们常说的"昭和越去越远",随着现代人提出的口号，土地的合理性、健全性被高度提倡。城市现代化的进程在推进，都市的机能在更新。随之而来的，全国各地街道上的风景，也都千篇一律地变成了人们期望的标准化、卫生化的样子，失去了往日充满人情味的风情。

仔细想来，急速消失的又何止那些让人怀念的昭和风情？我偶尔会和我们单位一个平成时期（1989年以后）出生的编辑小伙子一起工作。工作结束之后，我就问："怎么样？去稍微喝一杯？"我这样引诱着。"啊，没关系的。"想不到的是，竟然会被对方这样不解风情地回绝了。

如果是女孩子也就算了，怎么看起来也都是没有女朋友给做饭的单身男孩啊！面对前辈的邀约竟然能够简单回拒，真不知道到底是怎样的想法啊！

"没有关系"这句日语，本身也很奇怪，它不是只表示时间的经过，无论是年轻人的气质，还是言语措辞上，都感觉和昭和时候的文化真是截然不同，也或许只有我有这样的感觉吧。

昭和时代的人，都是很活跃的，人们之间的关系也不错。相熟的人里面有一位三十多岁的写旅行游记的单身女孩子，她也很喜欢喝酒，只要不是很特殊的时候，一般邀请她吃饭她都不会拒绝。

不仅如此，她还是那种一个人也会应约"大叔饭局"单刀赴会的女汉子，就是她告诉我："横滨的一个叫作中村町的平民街上，有一家想要推荐给有形文化遗产的'埼玉屋食堂'。"还说那家店有一种魅惑的酒精饮料，是烧酒配兑一定比例的咖啡做的。

按照她告诉我的路线，我们在横滨市营地铁的阪东桥车站下车，从 1A 出口上来沿着街道走，不一会儿就看到了横滨桥商店街。

我们要去的"埼玉屋食堂"是要穿过商店街往首都高速的方向，再穿过横滨大众演艺圣地的三吉演艺场①前面的三吉桥，沿着河岸左侧走 50 米左右就到了。

这一带还有站着喝酒的小酒馆和以前的小商店，在普通的住宅中也零星点缀着简易小旅馆，还残留着浓厚的昭和风情。

埼玉屋食堂的店头飘着"营业中""吃饭处"的小旗子，附近则停着很多过来吃饭的老主顾的自行车和出租车。

推开铝质拉门走进店里，有三张 8 个人坐的圆桌子，右边是盛着各种食材的大盆的配菜处，天棚也不知道为什么好像供奉了两尊神龛。

这个时候，店里六成左右的座位已经都满了，虽然还是白天，但店里有酒味正酣的老人，有边看着电视上播的娱乐新闻边八卦说

---

① 三吉演艺场：位于横滨市南区万世町的大众剧场，是横滨市代表性的表演艺术中心。

笑着的阿姨们。里面还有趴在桌子上的人，这里到处飘浮着昭和时期的大众食堂的气氛。

我们在离入口最近的座位上坐下来，第二代店主峯木京子（78岁）过来为我们点单。

我们迅速地要了烧酒兑咖啡（400日元），一直人气很旺的"烤鱼""煮鱼""杂煮"（所有一共350日元）。鱼的种类是根据当天店里采购的食材而每天不同的，今天的是鲑鱼和鲽鱼。

没多久，放在大玻璃瓶和杯子里的烧酒，还有让人怀念的放在玻璃瓶里的咖啡就被端出来了。咖啡看起来是甜的牛奶咖啡，烧酒

▶散发着黄油和酱油醇香味道的炒饭有种西式风味

是倒进小杯子里的，按照比例兑了两到三杯的量。

在玻璃杯注入三分之一左右的烧酒，再放入咖啡，搅拌搅拌，就完成了咖啡配比。把口鼻贴近去闻它的味道，咖啡牛奶的香气就会扑鼻而来。一瞬间那浓浓的味道呛进口腔，甚至让人感到窒息。说实话，我最不能吃甜的东西。咖啡我只能喝黑咖啡。要是一杯的话，还勉强能够喝得下去，然而这样香甜的美味，在胃中喝下去却毫无违和感。那味道让人感觉喝过的人都会变成甜品控呢。

创业 85 年，支撑店铺的是母子的"两人三足"

埼玉屋食堂是店长京子和儿子孝一（42 岁）母子二人经营的，从厨房到配菜上桌，人手有些不够，所以菜品是一个一个端上来的。

鲑鱼和鲽鱼的蒸煮都很好地入了味儿，一口咬下去鱼的鲜美在口中四溢，无论是配着喝酒，还是吃米饭，都是很好的。

牛杂和大肠经过长时间蒸煮然后用味噌调味的杂煮，也完全没有臭味儿和涩味儿，让人更想好好喝一杯。

追加的炒饭，上面放了半熟的荷包蛋。饭是用黄油酱炒的，格外香。把半熟的蛋黄搅开拌着米饭吃，是与炒饭不同风味的西餐的味道，真的是绝品。

过了一个小时，店里的午间营业告一段落，孝一才从厨房走出来。孝一说："我们菜单上的菜品不是说，'啊，我们这里的最好吃'。好不容易有缘来到店里的客人，能够在这里慢慢享受美食，才是我们的主要宗旨。"他的谦虚和不做作给人好感。

"埼玉屋的开业是在昭和四年（1929 年），奶奶从埼玉县本庄市娘家嫁过来，和爷爷最初是为在港湾务工的人提供饭食开始做起的。埼玉屋的店名也是与奶奶的出生地息息相关的。

"我父母在昭和三十六年（1961 年）继承了家业，爷爷在平成八年（1996 年）去世，那个时候父亲虽然是长男，但还是做的工薪职员。我大学三年级的时候，大家说母亲一个人经营店铺太辛苦，要不要关店，但是店铺已经经营了那么长时间，我也是从小学时候就开始被培养着在店里帮忙，想着就算继承家业也不错啊。"

那时候还是明治大学学生的孝一在大学毕业之后，就继承了家业，和母亲京子一起，两人三足地经营店铺到现在已有 20 年。但是，母亲京子已经年纪大了，能坚持到什么时候真的不知道。剩下孝一个人的话，不知道店铺到时候该怎么办。

"我很晚才结婚（平成二十六年，2014 年），婚后平时也让爱人到店里帮忙，这样即便是妈妈引退了也还能维持下去。能不能把小店传承下去，我也不知道，起码自己在店期间好好把店铺经营好吧。"孝一说着，脸上有点害羞。

埼玉屋创业 85 年。已经成为当地近邻居民们的休息地。我们希望它能跨越百年，永远营业下去。

这样一说，埼玉屋作为经历着横滨港上劳工们的历史，与历史、与年代一同存续下来的大众食堂，真的没准儿什么时候就会登上有形文化遗产的名录呢。

安倍夜郎的偷嘴

　　煮鱼也好，烤生姜也好，在埼玉屋它们都不是作为佐酒的小菜，而是配着饭食，让人越发想饮酒的，这对我来说就是人间天堂。在这里勤勉的人也能感受到在平日的白天喝酒的畅爽，不会有罪恶感或者优越感。店里空间宽敞，让人觉得待多长时间都无所谓，这样舒适的空间，让人觉得放松。点单嘛，还是来一份加有荷包蛋的炒饭吧。

地址：神奈川县横滨市南区中村町 2-113-1

营业时间：7:00 ～ 13:00　16:00 ～ 19:00

定休日：周二

电话：045-251-6326

座位数：24 席

交通路线：横滨市营地铁阪东桥车站下车，徒步 10 分钟即到

昭和情绪高涨的酒场名地
"每根 50 日元"超便宜的烤鸡肉串

国道下餐馆
神奈川县横滨市

每天售罄具有超高人气的可以外带的烤鸡肉串

在 JR 鹤见线和旧国道 1 号线（现在的国道 15 号线）交叉的地方，有一个时代遗留下来的叫作"国道"的车站。

作为昭和五年（1930 年）鹤见临港铁道的车站，这是一个拥有相对式月台两面两线的高架车站，它的外围建筑从建成到现在都没有改动过。

在那里时间就好像静止了一样，黑泽明执导的《野良犬》，还有很多电影、电视剧都是在那里取的景，它也因此屡屡登上大银幕。

在车站入口检票口的外墙壁上，留着在第二次世界大战中，受到美军机枪扫射的弹痕，所以这个车站也因为与战争的紧密关系经常被隆重介绍。

在这样的国道车站上下车，走下台阶穿过检票口，人们会被钟表上的时针仿佛是倒着转回去的穿越时空的感觉包围。抬头看天棚，拱形的桥柱接连着的后陷入形式主义建筑，为人们酿造出不可言说的独特气氛。

在高架桥下的昏暗中，透着一小点红色的灯笼的光亮，下面有

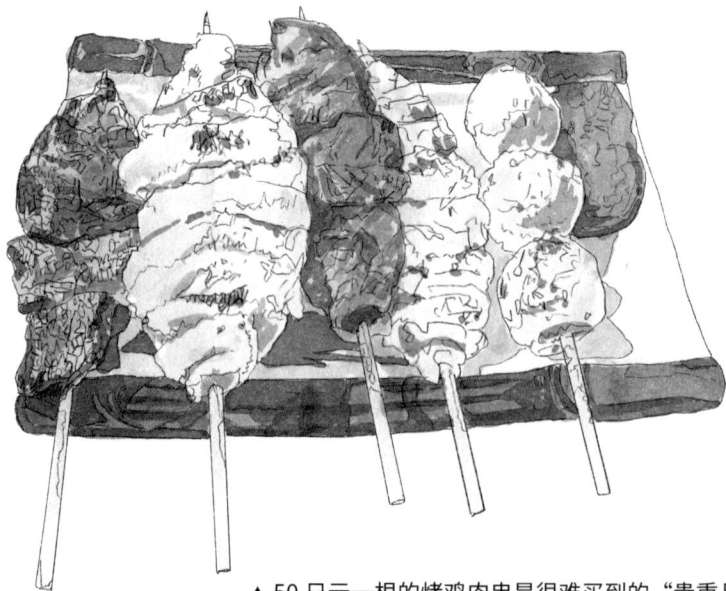

▲50 日元一根的烤鸡肉串是很难买到的"贵重品"

写着"国道下烤鸡肉串"的看板。

店的名字就是因为在国道车站的高架下，也就直截了当地叫"国道下"，小店在电视和杂志上的曝光率很高，在喜欢昭和酒场的酒徒中也是有很高知名度的。而我对店的名气早有耳闻，却始终没有去过，这次是第一次来。

从开放式的入口处往店里看，座席是 1.5 米长的狭长状，右边是8 个人席位的吧台，左边两人一桌的小圆桌有两桌。虽然还没到 5 点，但店里都已经坐满，只有里面一张桌子是空着的。

"三个人，坐得下吗？"在吧台中忙碌的老板娘环视了店里一圈和我们说，"两人先进去，另外一个人还请稍微等一下。"老板娘这样说着，让在圆桌上吃饭的一位男客人去到了吧台那边，把座位给我们腾了出来。

我们一边对那位男顾客说着抱歉，三个人（安倍、编辑横山和我）便横着移动着碎步穿过吧台，从吧台顾客们的身后，来到了里面。

吧台里面的厨房，正对着楼梯下面，天棚冲着最里面稍微向下面倾斜。这样的布局，无意中营造和承担了前卫空间演示的作用。店里播放着昭和时代的怀旧歌曲，声音恰到好处地流淌着，与趣味横生的狭小空间交相呼应，烘托出了昭和一般浓浓的风情。

先前到的客人，都像老主顾一样，年龄层也都比较高，他们都是步伐随意地走进店里。在一般这种店里不会常见到的一个人的女顾客，这里也有很多，刚才移坐到吧台的男顾客，就开始与邻桌的女顾客热络地聊了起来。

我们在那位男顾客让给我们的桌子前坐下，这样就和与他说话的女顾客面对面了。"不好意思，打扰你们喝酒了。"我们一边道歉，一边问她这边的推荐料理。"这里的什么都很好吃啊，但是最受欢迎的就数烤鸡肉串和生鱼片了。"女顾客这样回答我们。为了入乡随俗，我们就先要了啤酒和烤鸡肉串。烤鸡肉串有鸡肉丸、鸡皮、鸡肝、鸡心四种。因为有盐和酱汁，所以四个种类全部放盐要了三人份的量。

店里没有专门的菜单，在吧台里面的墙壁上挂着小黑板，写着推荐的料理。种类虽然不是很多，炸鸡翅和金枪鱼片、牛杂杂煮这些喝酒绝佳必备却是一应俱全。在顾客席位一边的墙上挂着老板娘和爱川钦也、石田纯一、木村拓哉等艺人的合影，还有名人们的签名和彩纸画，满满地挤了一面窄墙。最打眼的就是若山富三郎、胜新太郎兄弟和松尾嘉代的合影。"三个人出乎意料地来到店里，松尾竟然还进了厨房。"店主今桥胜明一边做烤鸡肉串一边说当时的情景。

店里老板负责烤鸡肉串，可以打包带走。因为有酱汁，鸡肉串的分量也不小，肉量很大，但都是每根 50 日元让人惊讶的便宜价格，所以经常是在闭店前就卖光了。"这里的烤鸡肉串可是过了晚上 6 点半就吃不到的珍贵东西呢。"这也是常来的老主顾们都很认可的人气美食。

从"生麦鱼河岸"生鲜大市场采购来的绝鲜海鲜

店主今桥夫妻是茨城县日立市人，在昭和五十三年（1978 年）开了这家店。来东京之后不久，男主人胜明在电影和电视剧中当车技演员，女主人三江在京滨特快花月园前车站附近开了杂煮屋。胜明便以此为契机，辞去了特技演员的工作，到店里帮忙。

"在横滨有开鳗鱼烧和烤鸡肉串店的弟兄。最初是从那两家店里分着要酱汁，四五年后那家鳗鱼烧店不做了。"三江说。开店到现在已经 36 年了，当初常来的老主顾还是很多，今天，我们就看到一位老主顾，那是位红着脸看起来很和蔼的老大爷，坐在吧台前，还喝得起劲地和我们碰杯。

我们把烤鸡肉串吃了个精光，然后又要了炸鸡翅（500 日元）、金枪鱼生鱼片（600日元）和土豆沙拉（350日元）。

看起来就很好吃的金枪鱼生鱼片上来之后，土豆沙拉也被端了上来。金枪鱼生鱼片是不蘸酱油本身肉质就很清爽的红色鱼肉，真的是很鲜美可口。不只是金枪鱼生鱼片，店里其他的生鱼片也都异常新鲜。

问了店主，说是因为在国道车站的南面，有个水产专业人士都称赞的贩卖新鲜海鲜的生麦鱼河岸生鲜大市场，每天早上老板娘三江都会到熟悉的鱼家那里采购海鲜。

土豆沙拉的椒盐和蛋黄酱调味得恰到好处，没有完全捣碎的土豆泥口感很好。最后端上来的是炸成米黄色的火候恰到好处的鸡翅。嘎吱一口咬下去，立刻就从脆脆的外皮渗出了肉汁，好吃得不得了。沉浸在直爽的老板娘和客人们营造出的充满艺术气息的氛围中，我们大口大口吃着炸鸡翅，痛快地仰头咕嘟咕嘟喝着啤酒。这样的氛围中，人们会感觉无比幸福和不可思议，人生其实也不过如此了。

有一段时间，老板娘三江得了病，那之后闭店的时间就由原来的晚上10点半提前到了晚上8点。为了经常来光顾的老主顾们，三江一直精神百倍，和丈夫两人三足地坚守着老店，这样说着，三江又要了一杯啤酒。

安倍夜郎的偷嘴 ✈

　　对于国道下这样狭小而有人气的居酒屋小店，老主顾们相互间是很有默契的。如果人多拥挤的话会有人让座，也会有将要吃完的食客装作若无其事的样子潇洒地结账离开。

　　并不全因店里的老板娘有风情，而是她有自己的独特个性和女性魅力。更何况她老公是个很好的男人。老板本来就是特技演员，就那样在背后默默地支持她。菜肴很美味，没准儿什么时候小店又成了哪部影视剧的取景地。

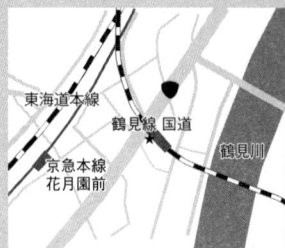

地址：神奈川县横滨市鹤见区生麦 5-12-14
营业时间：16:00 ～ 20:00
定休日：周日、节假日
电话：045-503-1078
座位数：12 席　　吧台座位 8 席
交通路线：JR 鹤见线国道车站下车即到

在湘南的"海滨食堂"能吃到舞动舌尖的
人间美味——"海鲜料理"

火奴鲁鲁食堂
神奈川县藤泽市

村上春树也去过的接地气的大众食堂

把料理的美味充分展现出来靠的是厨师的水平，但吃饭的地方、和谁吃饭、吃饭的目的等因素则是吃饭时最佳的调味料。比如，已故的高仓健主演的《车站》①里面就有这样一幕饱含情感吃饭的场景。

剧中讲述的是20世纪70年代的大年三十。在积雪皑皑的北海道增毛町的"桐子"居酒屋，三上英次（高仓健饰）和桐子（倍赏千惠子饰）昏昏沉沉地看着电视里的红白歌会，吃着盐烧鲷鱼和蒸煮多罗波蟹，就着烫好的当地酒，两个人推杯换盏。

这个时候，电视里终于出现了主打的八代亚纪的歌曲《舟呗》。歌曲像是在说英次和桐子他们自己，那忧伤的歌曲和悲伤的旋律浸润着两个人的心，就如同两人背靠着背的孤独的背景。当年的这个荧幕片段，后来也成为美酒佳肴能够融进人的经历和心灵这样的艺术表现形式的代表之作。

说了这么多，其实这次我们想找一家像电影里那样应景且美味的小店。

这家小店就是叫作"火奴鲁鲁食堂"的素朴小餐馆。我第一次

---

① 车站：降旗康男执导的电影，由高仓健、倍赏千惠子等主演，1981年在日本公映。

过去拜访是在《车站》上映后的昭和五十七年（1982 年）的秋天。

这家店在能够遥望到江之岛的国道 134 号线上，游客很少能找到这里，主要以当地顾客为主。这里并不是夏威夷风情的小餐馆，当然也没有倍赏千惠子那样的风情女老板。

但不知道为什么进入店里就会让人感觉到淡淡的忧伤，也可能是我在旅途中偶尔看到了这家小店走进去的缘故，也或者是到海边戏耍的游客渐渐散去，那落寞空旷的海边景象影响了我。

如果小店在家附近也就算了，我竟然骑着摩托车特意从东京飞奔过去，再去采访，连我自己也觉得不可思议。

第二次过去是在 10 年前了，是因为看到报纸的专栏上写着这家店是村上春树去过的。具体是这样写的："在执笔写小说的时候（这样说来，或许也是文人的特质）偶尔会出去散步，走着走着就到了'火奴鲁鲁'食堂，便在这里吃了午饭。价格很便宜，气氛也很轻松，鱼也很新鲜好吃。还有冲浪者们按照喜好在这里吃饭。我点了那里的土特产松打鱼当作下酒小菜，边吃边喝着啤酒，很快就适应了店里颇有热带风情的气氛。"

这家店不在湘南那样有规划设计的国线上，是家海边食堂，在店里感觉很悠闲。不管怎么说，店的名字还是很拉风的。不知道是谁起的，但是真的是很棒的"火奴鲁鲁食堂"。

虽然我不是村上迷，但是读到这个栏目，还是在时隔 20 多年之后再次去了这家火奴鲁鲁食堂。在村上或许就是在那里构思小说、推敲作品的吧台前坐下来，点一份鲜鱼小菜，小口喝着啤酒，真是别有风情。

村上的作品当中，我最喜欢的是于昭和六十年（1985 年）发行的长篇小说《世界尽头与冷酷仙境》。村上写这部小说和来火奴鲁鲁的时间是重合的。

所以我想，火奴鲁鲁食堂会不会带给村上什么创作灵感呢？毕竟这是一家风情迥异的有特色的小店。

做鱼专家，生鱼片、天妇罗和杂煮

在片濑江之岛车站下车，左边就能看到江之岛，沿着国道 134 号线往前走，就会看到火奴鲁鲁食堂，它还是和以前一样，静静地站在那里。进到店里，店主清水政夫和爱人由美出来招待了我们。

店里面是 7 人位的吧台，一张 2 人位的圆桌，还有两张 4 人位的圆桌，密密挤挤地排列着。

我们过去的时候是下午 2 点，马上就要闭店了，有两位之前来的顾客还没走，最里面的 4 人位的桌子是空的。

店里的白板上写着菜单，菜品有 8 种左右（根据每天食材的采购而变化）。主要是以当地海鲜为主的生鱼片、天妇罗、烧鱼、煮鱼等的套餐。我们和店主约好了关店之后采访，现在也就先好好享受着吃顿饭。

我们点了生鱼片套餐、天妇罗套餐、炸白身鱼和大虾的烤肉盖浇饭、蒸煮丝背细鳞鲀和油炸拼盘。

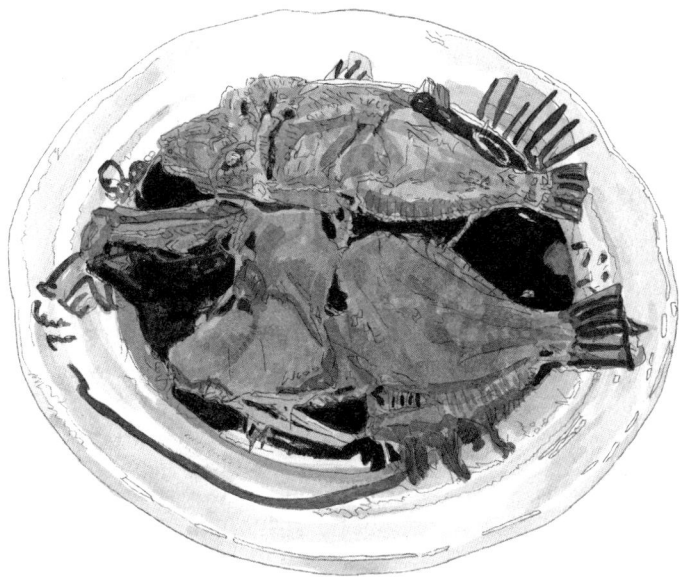

▲浓汁满满、入味儿浓厚的煮鱼和啤酒是美味的绝配

　　没多久，套餐和盖浇饭就端上来了。食材是店主清水政夫每天早上去集市采购的当天的新鲜食材。生鱼片是金枪鱼、幼鲈、沙丁鱼三种，金枪鱼和幼鲈是一眼就能看出优劣的，沙丁鱼上放点恰到好处的醋，入口能让人感受到季节的变化。

　　酥脆的炸天妇罗，沙钻鱼、印度鲻、康吉鳗、南瓜、尖椒等，每一样都很好吃。裹着甜辣酱的炸什锦，吃起来有种厚重感，味道浓重。

　　接下来上来的是油炸小食拼盘和杂煮。油炸拼盘是竹笺鱼、牡蛎、鲈鱼的三种合盘。炸竹笺鱼出乎意料地肉质丰厚，外皮酥脆可口，鱼肉多汁柔软。

　　杂煮大口吃一口，浓浓的酱汁在舌尖上弥漫，入口即化。每样菜品都是店主多年厨艺的结晶，煮鱼随便夹起一块，都是绝妙的口感，就连经常来的当地老主顾也是吃不够的。

和我们约定的时间过了20分钟后店里才闭店，店主夫妇接受了我们的采访。我们问起小店的历史，店主清水政夫说道："昭和三十四年（1959年），我父亲在西滨海水浴场买下了叫作'火奴鲁鲁'屋号的靠海房子的使用权。因为海边只能在夏天营业，为了在其他时间也能营业，昭和三十七年（1962年）开始试着经营这家店。以前这里是大众食堂呢，但从我开始，只做鱼类菜品，这也是昭和五十九年（1984年）店里重新装修后定下来的。"

"顾客九成是当地的老主顾，以前营业时间是从早上6点到下午3点，店主和父母，还雇用了一位打零工的阿姨，一起打理这家店。随着时代的流转，老主顾们都差不多变老了，顾客也不是特别多，后来就改成了只有中午营业。

"有顾客要求晚上也营业，但是，鱼的进货量一年一年变少，毕竟店里只有我们夫妇俩经营。"女主人由美说。虽然营业时间变短了，但是做鱼的专业厨艺，菜品的种类却是丝毫没有变地讲究。虽然我不是村上迷，但也还是非常满足。

安倍夜郎的偷嘴

人们常说"一分价钱一分货"，但是火奴鲁鲁食堂真的是价廉物美，物超所值。套餐也是普通人都能够接受的平民价格。店家选取当天的新鲜上等食材，提供真正地道的美味。这样的店如果是在家附近，就是没有村上春树名作家去过的噱头，也会经常过去吃吧。

地址：神奈川县藤泽市片濑海岸 3-24-25
营业时间：11:00 ～ 14:00
定休日：周一
电话：0466-24-3223
座位数：17 席
交通路线：小田急江之岛线片濑江之岛车站下车，徒步约10分钟即到

鲜鱼料理

青花鱼寿司，即便是放了一天再食用，也很美味

左古：一般人们都说，年轻的时候喜欢吃各种肉，上了年纪就开始喜欢吃鱼。安倍，您现在喜欢吃肉吗？

安倍：倒是更喜欢吃鱼，想一想，也是有些道理呢。

左古：那在鱼料理中，会不会特别喜欢生鱼片和松打鱼肉①呢？

安倍：生鱼片就着米饭是很好吃的。但是，说实话也不是那么特别爱吃和想吃，没有生鱼片，也会吃得很好。

左古：我小时候不喜欢生鱼片，是在长大了能喝酒之后慢慢适应和喜欢吃的。

安倍：来到东京之后没有什么机会吃到新鲜美味的鱼肉，渐渐也就不想吃了。你们那边超市卖的生鱼，是不是也比以前的新鲜好吃了呢？现在物流发达了，东西也新鲜好吃起来。以前没有，想出去吃顿美味也

---

① 松打鱼肉：是将新鲜的鱼肉用刀背轻轻敲打，加上厨师独特的手法做出的生鱼片。这样做出来的生鱼片带着生鱼肉的新鲜美味，别有味道，很受日本人的喜爱。

只有去便宜的连锁店，但也没有美味新鲜的生鱼片啊。所以后来也就不想吃了。

左古：高级餐厅先不说，那些便宜的连锁店，现在也吃不着新鲜的生鱼片啊。

安倍：我小的时候很喜欢吃烤鱼。小学的时候烤青花鱼，和妹妹分着吃，工作之后午饭的时候也经常订烤鱼套餐。

左古：生鱼片和寿司我都喜欢吃，要是做鱼料理的话，蒸煮是最好的。

安倍：什么样的煮鱼最好呢？

左古：金目鲷、菖鲉、鲲那样的基本鱼品都很好吃。鱼子咖喱、鲷鱼头和东阳鲈也都很喜欢。就着啤酒、日本酒、烧酒什么都行，稍微兑点香浓的煮汁一起吃的话，能喝很多酒，喝醉之后就怎么着

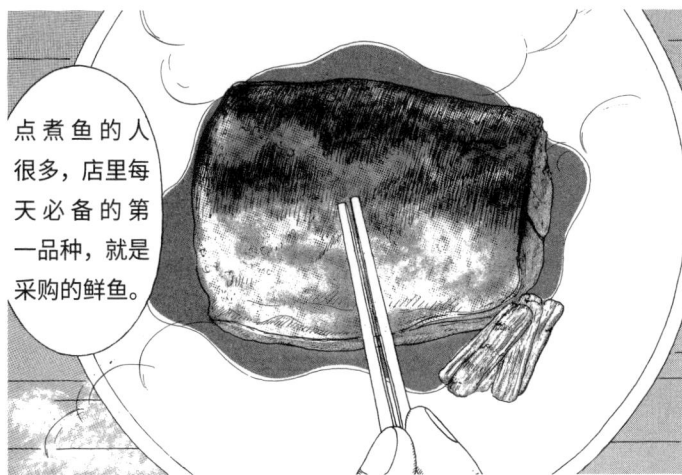

（选自《深夜食堂》第6集 酱炖青花鱼）

我最喜欢鲱鱼。

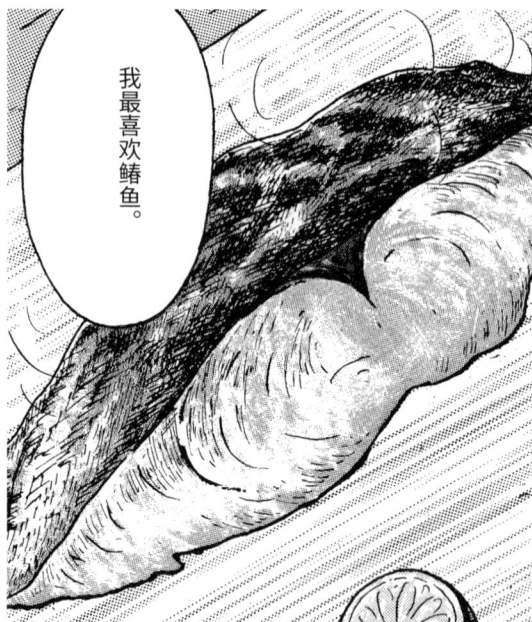

（选自《深夜食堂》第 14 集 鲱的西京烧）

都行了。（笑）

安倍：在东京吃过的煮鱼当中，最好吃的就算是银鱼煮了。在米饭的上面浇洒一点汤汁，也很好吃。

左古：银鱼也能做西京烧①吧。把银鱼放在用酒糟和白味噌勾兑的味噌中腌制，泡好后的银鱼真的是人间美味啊。

安倍：是啊，配酒配饭都是绝佳啊。鱼料理的话，酱炖青花鱼也是套餐，那种味道也很

二十年代就着酱炖青花鱼喝一杯的人，现在可能都不在了吧。（笑）

① 西京烧：是指以日本味噌为主要调味料的日式烧烤方式。

沉稳大气。20年代是怎么也吃不着的呀，20年代就是油炸食品，还有生姜烤肉饭。（笑）

左古：或许是那样的啊。

安倍：20年代就着酱炖青花鱼喝一杯的人，现在可能都不在了吧。（笑）

左古：20年代吃着酱炖青花鱼和椒盐秋刀鱼的人现在还在的不多了，我算是里面的少数派了。（笑）和安倍您一样，也是去不起太好的店，生鱼片也不能常吃到。

安倍：煮鱼的话，小的时候，家里办家宴，要是生鱼片什么的剩了，第二天就拿来煮。

左古：我是让家里把剩下的青花鱼寿司烤着吃。

安倍：那个我也吃。烤了更好吃。生的青花鱼或许加上醋等调料还有点涩，但是放一天之后再烤，就没有酸味了。现在也有了烤青花鱼寿司，但是好像只是烤里面的青花鱼。我们吃的那种是带着寿司的米饭一起烤的，那个真的很好吃。

左古：米饭也是像烤过的饭团一样美味，让人很有食欲。

安倍：因为是和寿司的米饭一起烤，所以

鱼的鲜美就进入了米饭中，真好吃。

左古：在《深夜食堂》里也有描写过，炸多耙银带鲱是种好东西。

安倍：我是很喜欢啊。

左古：多耙银带鲱大部分都是手剥生鱼片吃着好吃，以前都是炸着吃的吗？

安倍：也做成生鱼片吃，也烤着吃，还做成天妇罗吃。但是多耙银带鲱的话，觉得还是炸的最好。

左古：多耙银带鲱不是那种越嚼越好吃的，像炸的那样酥脆的，一口咬下去也不错。鱼内脏有点苦，就着啤酒和威士忌苏打多少还能吃得下。安倍，你最喜欢的鱼是哪种？

安倍：是四万十川的椒盐烤鲇鱼。在中村市的时候经常吃。

左古：四万十的鲇鱼真是人间美味啊！只是撒上盐稍微烤一下，就超好吃了。说起来，有一段时间没吃了。

安倍：那下次夏天再回去的时候，一定过去吃一次吧。

**菜品数量多达 200 余种
横须贺的"食堂之王"**

一福
神奈川县横须贺市

HIDE^①也喜欢的炖菜、中华盖饭、勾兑啤酒花

横须贺的"沟板大街"有许多主要以外国人为客户群的酒吧和简易食堂，那里融合日本和美国的风格，飘着独特的气息。

"沟板大街"是从京滨特快汐入站到美国海军基地方向绵延 300 米长的商店街的总称，它正式的名称叫"本町商店街"。在那里的入口附近有一家叫"一福"的餐馆。

横须贺近年在大力宣传自己是"咖喱之街"，实行地域振兴计划。他们提供的咖喱，据说写进了海军烹调技术的烹饪方法菜单，店铺也都可以使用"派遣进口海军咖喱"名称。

"一福"店却是与这些当地美食家们宣传热点的店严格划清界限的，是家老式餐馆，传统地保留着中华料理、日本西洋料理一应俱全的样式，是正儿八经的大众食堂。

穿过店里的暖帘，推开铝质的拉门进到店里，从狭小的入口想象不到的广阔空间就展现在了客人眼前。左边有吧台，里面有几张桌子。沿着右边往里走甚至有可以坐 15 个人的大桌子，一共有 50

① HIDE（1964—1998 年）：原名松本秀人，出生于日本神奈川县横须贺市，是 20 世纪 90 年代叱咤日本的摇滚乐团 X JAPAN 的吉他手之一。

个席位，宽敞无比。

店里的墙上是怀旧的灰泥面，天棚上有不大能看得出年代的大电扇，在这宽敞的空间当中，放了三台电视机。其中两台还是以前古旧的显像管电视，给店里渲染了更深一层的怀旧风。

具有怀旧风的物品还不止这些。摆在收银台那里的是一架只有四位数运行的老式手动式现金出纳机，厨房里也还在用砖砌的灶台，所有的一切让你瞬间感受到浓厚的昭和氛围，这样浓厚的怀旧把进店的人稳稳地包围住。

菜单上丰富的菜品也是让人瞠目结舌。桌子上的菜单里的菜品就超过了100种，小黑板和墙上贴的菜单上也密密麻麻地都是菜品列表。

"一福"店里无论是保存的战后大众食堂的历史也好，丰富的菜品也好，就像是提供给人们的平民饮食文化博物馆一样，包罗万象，妙趣横生，在神奈川县被叫作"食堂之王"绝对是名不虚传的。

我们在离厨房最近的位置坐下，第二代店主比护惣一郎和爱人幸子夫人，还有第三代店主芳久都迎了出来打招呼。

负责调味和准备食材的第二代店主夫妻打完招呼就回到了厨房，准备之前客人们点的各种菜品，芳久则负责接待客人。我们问芳久祖上创业的历史，芳久说："听说是创始于昭和二十七年（1952年）。最开始是我祖母贞子开的一家小酒馆，开业后不久就变成了全美驻留军的指定食堂。"

芳久接着说道："当时店里好像有十多个人，服务范围也是从造船所到工场，每天要做出 300 份便当配送。"问起他们的菜品数量，芳久回答说："每天都在增加，具体也不知道。虽然不像是安倍老师写的《深夜食堂》里的样式，但也是只要有客人点，我们能做就会为客人做的。而且我们还有内部菜单，比如最近增加了顾客点的夏威夷式米饭汉堡。"

随着饮食生活的变化，亲手做的家常饭菜也在变化，菜品数量在增加，但没有好好清算过一共到底有多少种。

把菜单拿过来仔细看，市内渔港的炸鱼鱼片和天妇罗、各种炒面炒饭、红烧猪肉饭等，这家店独特口味的各种珍贵菜品还真不少。

▲牛筋煮和勾兑啤酒花才是最佳搭档

在店前面的陈列橱窗中有写着"HIDE 最爱的传说中的菜单——牛筋煮、中华盖饭、勾兑啤酒花"的照片宣传牌。我们不知道写的这位 HIDE 是指哪一位，问起芳久，他说："是英年早逝的日本摇滚乐队'X JAPAN'中的成员 HIDE。他原名叫松本秀人，是横须贺人，在加入 X JAPAN 之前，在青少年时期组建过叫 Saber Tiger 的地下乐队。那个时候，他是店里店主阿姨的小粉丝，平均每周至少有 4 天都要来喝一杯勾兑啤酒花。"

不加冰的纯正烧酒是横须贺流"勾兑啤酒花"的正确打开方式

我们这样问了芳久店长一通之后，开始点餐。先模仿传说中的吉他手要了勾兑啤酒花（480 日元）、牛筋煮（530 日元）、中华盖饭（530 日元）、烤厚牛肉片（480 日元）、大眼鲬天妇罗（520 日元）、拉面（430 日元）、饺子（400 日元）。点完菜，芳久问我们："勾兑啤酒要加冰吗？"通常，在东京喝勾兑啤酒花的话是一定要加冰的，但其实，正确的勾兑啤酒的饮用方式被叫作"三冷"，即勾兑啤酒、烧酒、啤酒杯三样都冷藏起来，不加冰。

在"一福"店附近的横须贺中央车站前面，有一家被称作横须贺勾兑啤酒花元祖的中央酒场。这里的勾兑啤酒被称赞为日本第一，三冷中加入的酒量是 120 毫升左右。芳久说："东京的话，勾兑的是 60 毫升左右，在横须贺则多数是 120 毫升以上，或者是 180 毫升。据说，一福店里现在的勾兑方法，在不加冰的情况下，注入 120 毫升的勾兑啤酒，还是从这家中央酒场的社长那里开始采用的。那个中央酒场还是我们家的亲戚。但我还是认为加冰会比较好喝。"我们听着芳久的解释，也就入乡随俗，最后还是在啤酒中加了冰。

不大工夫，我们点的菜就陆续上来了。甜辣的牛筋煮，用筷子一夹就散开，是那种入口即化的熟烂，还带着浓浓的扑鼻的香气。勾兑啤酒花也是和啤酒一起喝的好伴侣。中华盖饭的量很大，勾芡恰到好处，是很地道的味道，这样的美味和分量才530日元，性价比真的是很高了。

近年，不知道为什么大家都开始点饺子吃，这里的饺子馅是切得很碎的圆白菜和白菜，掺上猪肉，合着筋道爽滑的饺子皮，口感巨佳，美味无法抵挡。后面上来的烤厚牛肉片、大眼鲷天妇罗、拉面也都非常美味，我们就着啤酒慢慢地吃着。

20世纪80年代初我去东京不久之后，曾经来沟板大街买过当时美军流行的MA-1飞行夹克。当时大街上全都是美军，那里是穿着机车夹克的美国佬的聚集地。记忆中看到他们都会吓得要死。我也是那个时候第一次喝到易拉罐，吃到海军汉堡，当时觉得好吃极了。

现如今一边拿着勾兑啤酒一边吃着大众食物，好吃得一塌糊涂，让人在感慨年代的同时，深刻意识到自己还是日本人。

安倍夜郎的偷嘴

我自己也说不清，为什么每每被这样的昭和风包围着是那样惬意愉悦。昭和的墙壁、昭和的桌子、昭和的电风扇、昭和的现金出纳机。当然，还有昭和年代的我们，第二代店主夫妇、第三代的店主也是昭和时代出生的。在数量众多的菜品当中选那么一两样，喝着兑着浓厚烧酒的勾兑啤酒，就想在一福食堂里这样永远待下去，回忆中的昭和，就在那里，在一福食堂的店里。

地址：神奈川县横须贺市本町 3-12
营业时间：11:30 ~ 23:00
定休日：周日
电话：046-822-3881
座位数：50 席
交通路线：京滨特快汐入站下车，徒步 3 分钟即到

歌曲中唱的猪肉串专门店
橹餐厅的"雀套餐"

櫓
大阪市阿倍野区

《深夜食堂》中的小店原型

这次我们去吃了代表着大阪当地美食的"猪肉串"。

目标是大阪市阿倍野区天王寺町南面的猪肉串专门店"橹"餐厅。

大阪的下町有一些专门做猪肉串的小店,在被称为猪肉烤串圣地的新世界(惠美须东的繁华街),有名的店鳞次栉比,有很多店老主顾和旅游的观光客在白天也排着队。

橹餐厅和游客拥挤的那些店不同,它是不大为人知道的私厨,在上方落语①粉丝中非常有名,是一家被粉丝们狂热追捧的名店。

桂枝雀门下的第二大弟子,在古典、新作两方面都很有名的知名落语家桂雀三郎,在平成八年(1996年)发布了自费制作的迷你CD唱片《橹进行曲》(词曲:复次山中)。

在之后的一年,在《滨村淳的"人·街·梦"》(关西电视台)的节目中,雀三郎作为特邀嘉宾出演的时候,介绍"橹餐厅"是自己经常去的店,橹餐厅因此而一举成名。

橹餐厅创立于昭和五十七年(1982年),到平成八年(1996年),店铺一直位于京桥地区。在平成十二年(2000年)东芝EMI发布的

---

① 落语:日本的传统曲艺之一,起源于300多年前的江户时代。无论从表演内容和形式上,落语都与我国的传统单口相声非常类似。

CD《雀肉共食——雀先生说》的节目中，雀三郎说了下面的话："我家附近有一家橹餐厅。在 10 个吧台座位的狭小空间里，店家老哥一个人在忙碌着，我每天都会去店里。那里午夜 12 点才开门，一直营业到早上，我每天都去那里逗留一阵子。店里的顾客都特别有意思，有我这样的艺人，也有可人的妈妈桑，嗯，好像还有出租车司机，各种各样的人都来。店里就像是人间的万花筒，烟火气十足。"写到这里，安倍夜郎的粉丝们就会反应过来吧，正是以这首歌曲里面唱的橹为灵感，名作《深夜食堂》才诞生了。

曾经在京桥地区的橹餐厅，由于道路扩充而搬迁，大约两年后搬到了上六（上本町六丁目）的高层摩登大厦的地下一层，营业时间也是普通人能去的正常时间。

《橹进行曲》中唱的橹的老哥是位头顶波浪卷儿的独身主义者，但是搬到上六之后不久就结婚了，又出了首名为《橹的情话》的歌曲。

看起来是顺风顺水的人生，但是老哥由于工作拼命，身体透支，最后不得不在平成十六年（2004 年）闭店。但是，老哥经过一年的疗养，在爱人娘家的寺田町就开了现在这家也是"第 3 次开张"的橹餐厅，一直经营到现在。

店主的信条是，只要是串上串，任何东西，任何地点，哪怕是在山上也能烤着吃

我们在大阪环状线寺田町站下车，出了南检票口，右手边可以看到有一个公园，左手边就是寺田町车站南商店街。走在南商店街上，人烟稀少，很快就会看到国道 25 号线。在那里左转，在第一个信号灯的拐角处，有一个 7-11 便利店，中间夹着的国道对面，就可以看到猪肉串名店橹餐厅门口挂着应季的红底的暖帘子。

推开拉门，传说中的老哥，山口胜也和他爱人一起迎了出来。店里能坐四个人的桌子有 5 张，最里面是竹帘子，再里面是厨房。我们在离厨房最近的座位坐下，翻开菜谱，油炸类、烧烤类，上好的料理都写在上面，墙上的白色木板和短册子菜单上写着椒盐烤青花鱼、金枪鱼烤串、猪肉辣白菜、鸡肉炖小锅……菜品琳琅满目，

▼这是桂雀三郎喜欢的猪肉串"雀套餐"。蘸着小碟子里的特制酱汁，真的是"橹流"美味

种类很多。然而我们最关注的还是看板菜单上写的招牌的烤猪肉串。

猪肉串的食材各种各样，价格分别为一串 80 日元、100 日元、150 日元不等。从哪里开始点起还真是让人有些犯难。"我们听说有'雀先生套餐'，但菜单里面好像没有，想先点一份那个，可以吗？"安倍不好意思地问了店家。

雀三郎现在还是会到这家店来吃饭，说是每次都会要一份这个套餐，配着冷豆腐和五六小杯啤酒，吃完了才回家，所以我们也要了一份那个冷豆腐。

我们不急不忙地用啤酒润着喉咙，等了几分钟。与切得细碎的圆白菜丝一起端上来的就是传说中的雀先生套餐了。以雀三郎喜欢的烤猪肉串为主的雀先生套餐里，有鹌鹑蛋、圆葱、鳄梨、红姜、小土豆、藕、猪肉炸串（一共 7 串，640 日元）。

这款雀先生套餐作为橹餐厅人尽皆知的人气套餐，分量正好，也自然常年在菜单上作为顾客必点菜蝉联榜首。

在大阪的烤猪肉串店里，很多店会在顾客的座位上放一个装有辣酱油的不锈钢小容器。一般是让顾客在那里一次性蘸满调料迅速吃下去。为了卫生方面考虑，也是不准第二次再放进去蘸的，这也是大家默认的规矩。橹餐厅里则是把不锈钢小容器中的秘制调料分别盛到了一个一个的小碟子里，让大家每个人自由蘸着吃。

那特制的酱汁有一层薄薄的色拉，和烤串薄薄的外皮相呼应。把食材恰到好处裹着的外皮蘸上酱料，口味是那么酥脆鲜美。我们为了胃着想，中间偶尔歇下来吃点圆白菜，一边吃着烤串，一边喝着啤酒，很是惬意。这里烤串好吃的原因，一个是外面裹着香脆的外皮，再有就是这特制的酱汁和调味油，以及恰到好处的炸的火候了。

"有的烧烤店或许偶尔会尝试放些山芋什么的，我们店里什么也不放，就是中力粉和水，然后在油温和调味酱汁上下功夫就好了。"店长山口这样说道。外面裹的一层美味说到底才是食材好吃的秘诀，要把油温控制在 180 摄氏度，并且能够根据食材本身的特性来调整油炸的时间，才能炸到酥脆适中。当然店里的秘制调料酱汁也经过了店主几代的琢磨和钻研。

老板娘京子是个"创意家"，到了她那里，什么都能炸。店长山口是只要有串，在山上也能做烧烤的手艺行家，这样的夫妻开发自创的菜品自然就很多。"炸香蕉也有，就着酒糟，说是很美味。"我们被京子劝说，又要了香蕉、酒糟和红豆饭。香蕉上面抹的可不是沙司酱，而是巧克力果子露，却真的是出乎意料地好吃。

天色渐晚，60 岁左右的两位男顾客先来到了店里，接着又陆续来了男的、女的公司职员同事，店里气氛顿时活跃起来。

大阪的夜生活才刚刚开始。把炸得酥脆的猪肉串就着啤酒慢慢喝，真是会让人忘掉一切烦恼，感觉到活着的美好呢。

安倍夜郎的偷嘴

　　我第一次见橹餐厅的店主和他爱人京子的时候就觉得似曾相识。想必是从《雀肉共食》的唱片那里就开始觉得亲近吧。"京子是个创意家，红豆饭也能炸，香蕉也能炸。"再经过雀三郎专业技师的实践操作，橹餐厅才有了那么多其他烤串店没有的菜品项目。

　　果然还是炸香蕉比较特别，真好吃啊！

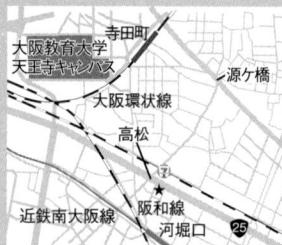

地址：大阪府大阪市阿倍野区天王寺町南 2-10-1

营业时间：17:00 ～ 23:00

定休日：周三

电话：06-6714-7211

座位数：20 席

交通路线：JR 寺田町站下车，徒步 5 分钟即到

**小麦制品的圣地
大阪"平板烧"发祥名店**

本板烧
大阪市北区

一个人喝酒也颇有兴致的昭和怀旧空间

提到大阪的美食，大家可能会第一时间想到烤章鱼包、御好烧①等，但实际拜访当地，会发现高级的美食家其实最想吃的是老少皆宜的"小麦制品"。

说起小麦制品，在大阪有各种各样的菜品，烤荞麦面、烤墨鱼、烤圆葱、烤乌冬面、饺子、猪肉包子等。要是想在这眼花缭乱的大阪小麦制品中，给它们排个序的话，小麦制品之王应该是烤章鱼包，而能够荣登第二把交椅的那就是御好烧了吧。

最难决断的是第三位，或许也有争议，对我来讲，我想推荐"平板烧"。

平板烧由于各家的食材和做法不同，有代表性的要数猪五花肉和圆白菜等食材炒好后，用稍微烤一下松软半熟的鸡蛋包着的，外面涂上一层带着沙司的蛋黄酱。那种平板烧最好。

东京的情况我不是很了解，但是在关西，很多御好烧店和居酒

① 御好烧：日本的一种美食，有两大派系，关西风御好烧（大阪烧）和广岛风御好烧（广岛烧）。主要食材是鸡蛋、面粉、洋白菜等。

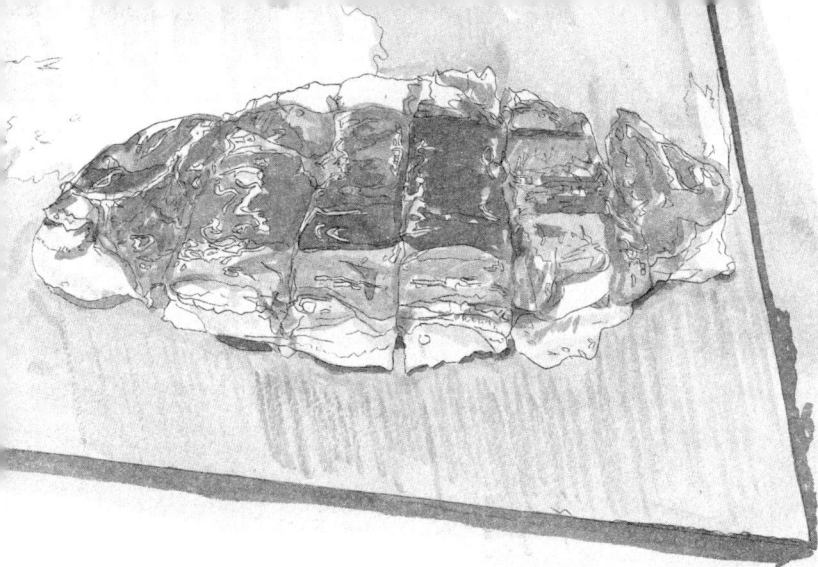

▲开店至今味道从未变过，守护招牌的平板烧

屋都有套餐菜谱，人们在喝酒之前都是先点一份御好烧作为下酒小菜。

说起这样的平板烧的发祥店，应该是在大阪的曾根崎，所以我们决定去那里走一趟。

曾根崎是因为近松门左卫门①的人偶净琉璃《曾根崎心中》的剧目而变得有名。年初人们都去拜访德兵卫殒命的露天神社，不知道什么时候开始被大家叫作"年初天神"，现在据说也算是祈祷恋情顺利的能量福地了。

在参道上大约陈列着100多家店铺，因此形成了一条叫作"曾根崎年初天神大街"的商店街，不只是来参拜的人，梅田一带工作的人也把这里当作就餐地，所以这里也是不分昼夜热闹非常。

---

① 近松门左卫门（1653—1725 年）：日本江户时代净琉璃（木偶戏）和歌舞伎的剧作家。一生创作净琉璃剧本 110 余部，歌舞伎剧本 28 部，在日本净琉璃曲艺术发展史上是举足轻重的人物，被称为"日本的莎士比亚"，也是日本戏剧作家的代表人物。

我们此行的目的地"本板烧"就在商店街的正中心，正如我们想象的那样，这里跟大阪一样，到处广告牌林立，并没有什么特别的构想，这倒也恰好和商店街很好地融为了一体。店外面藏青底色的暖帘上写着几个红色的大字"四处走、大阪的味道、本板烧"。我们推开门帘，看到在让人感受到怀旧的沉稳空间里，铁板呈 U 形摆放着。客席只有围着铁板的一圈吧台，店里的时间好像在缓慢地流着，节奏舒缓，与顾客的来来往往形成了鲜明的对照。

迎接我们的是店主山本寿惠。平时大部分时间都是这位女老板自己经营，现年 90 岁的母亲八重子偶尔也会出现在店里。菜单根据食材会时有变动，但大部分是平板烧、御好烧、烤荞麦面、饺子等简单菜品。平板烧分排骨（黑猪的里脊肉 800 日元）和牛里脊（1500日元）两种。我选了排骨烧，还要了一瓶啤酒。

我们坐在那里，看着老板娘山本把里脊放到烧热的平板上，她不停地看着火候，顺便又打了个鸡蛋，我们也随着老板娘的动作一起看着。老板娘在蛋黄的上面又放上了里脊肉，然后再翻过来。

老板娘判断里脊肉和鸡蛋已经差不多的时候，涂上了番茄沙司、芥末、蛋黄酱和辣酱油，最后用锡纸包好，这样我们的美味就做好了。店主山本一边说"让您久等了"，一边把做好的平板烧送到了我们面前，并用平铲给我们分成了几小份。

我们热乎乎地一口咬下去，辣酱油的辣味和鸡蛋的香味都融化在嘴里。番茄沙司和特制调味沙司兑在一起的沙司有种辣得彻底的过瘾，细细品味之后，还有回味上来的酸味。

这样吃完再去喝啤酒，我们不经意地发出"呃"的打饱嗝的声音，幸福的气氛顿时洋溢开来。平板烧就着啤酒真是绝配美味，不一会儿我们就都吃了个精光。

"创业70年"的传统味道和啤酒交相辉映

我们问起平板烧的诞生历史，寿惠店长说："创立这家店的父亲木村四郎当时是俄军的俘虏，曾经看到俄国士兵吃过类似的东西。后来，就自己试着模仿在军队里见到的制作方法，开了这家餐馆。"

寿惠店长的双亲开店的时候是昭和二十一年（1946年），据说配方当时是由妈妈做的，独特味道的秘诀在秘制蛋黄酱和特制沙司酱上，都是自己家做的，现在店里也没有改变，一直沿用着母亲留下来的传统味道。

我们加了杯啤酒，又要了御好烧的烤牛筋（1100日元）、烤墨鱼荞麦面（800日元）、饺子（300日元）。

烤荞麦面用的是店里自己做的粗面，墨鱼和圆白菜放在一起，再和特制的沙司酱、伍斯特辣酱、番茄沙司放在一起炒，撒上红姜丝和葱丝，装上盘子就好了。秘制酱汁的香气勾起了人们的食欲，再吃里面的面，自制荞麦面的面香和香辣浓郁的酱汁混合在一起，就感觉整个味蕾都快被融化了。

用圆白菜和猪肉馅包的饺子，放在铁板上烤的时候，会有一层薄薄的硬皮。用的酱汁依然是自家秘制的浓厚味道。

不用平铲去碰，一直让它烧到恰到好处的御好烧，表面酥脆，里面是一目了然的各种食材。"要放酱油和调味沙司吗？"寿惠店长问我们。我们决定一半要酱油调料，一半要沙司调料。

调味沙司就有很多种，伍斯特辣酱、蛋黄酱、芥末薄薄地涂一层，在那上面再涂一层酸甜的七星沙司。酱油用的是龟甲万株式会社的酱油，味道很淡。

百煮入味的牛筋味道甘醇，有魔芋的口感，与沙司和酱油搭配的味道更是无以言说，恰到好处，真的是再有一点增减都不益的美味。

"你们是来旅游的吗？"

"是的，从东京过来吃的呢。"我们一边回答，一边看着寿惠店长惊讶的表情。"我们这里也有专门从很远的地方特意跑过来吃饭的顾客，也有来大阪出差顺便过来的客人呢。"在店里独特的昭和怀旧风的环境下，和店主寿惠一边闲聊，一边品尝着小麦粉做的各种菜品，感叹着，如此美味的料理即便是有很多很远地方的回头客也不足为奇了。

店里有常来的老主顾，也有一个人来的观光客。即便一个人进到店里也会觉得氛围很好，这里真的是一家让人一见倾心的好店。

安倍夜郎的偷嘴

　　有的时候我会想料理也进化（？）或者说是也已经发展过剩了吧。最近的拉面就给人这种感觉。吃着本板烧店里简单的平板烧，第一次知道平板烧原来这么好吃。我想以后只要我来大阪，有时间就会过去，有这样的一家店真的不错。

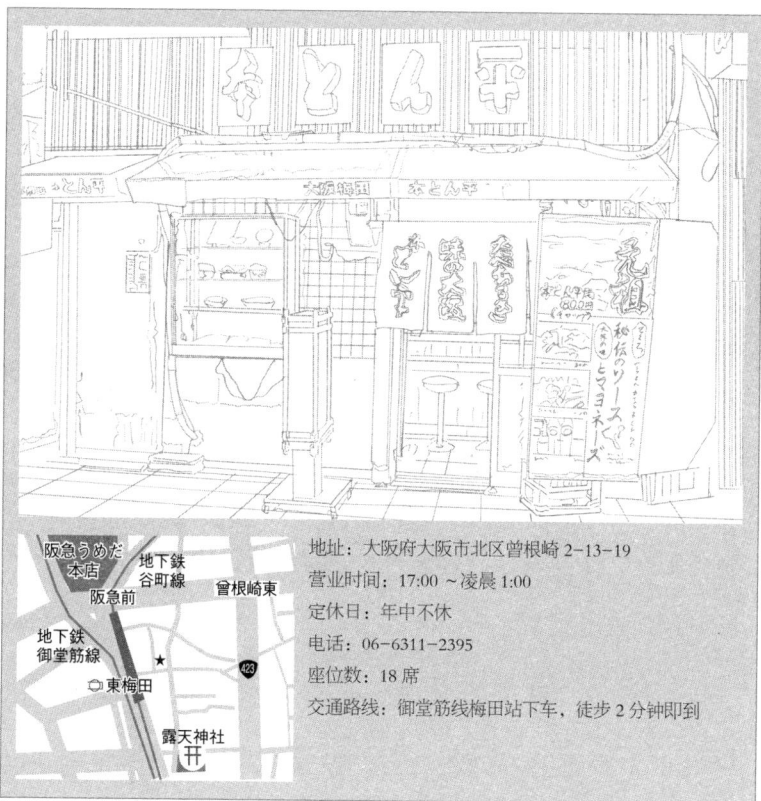

地址：大阪府大阪市北区曾根崎 2-13-19

营业时间：17:00～凌晨 1:00

定休日：年中不休

电话：06-6311-2395

座位数：18 席

交通路线：御堂筋线梅田站下车，徒步 2 分钟即到

spring has come

喵呜！
又到了樱鲷的季节。
期待大家的光临。

猫岛的绿洲食堂
左古文男

在樱花初绽花蕾的时节，我收到来自濑户内海上的小岛食堂寄来的季节明信片。

寄出人处写着德治＆樱，看起来像是歌手
组合或者是漫画家夫妻的合名之类。实际
上是老渔夫石丸德治和他家旅居的厨师麻
丘樱联名写给我的明信片。

他们所在的岛作为日本少数存在的几个猫岛之一，岛上的居民和猫咪们过着幸福的生活。

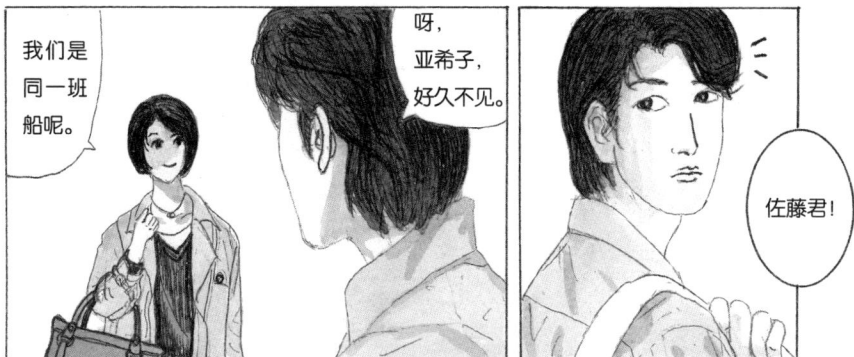

我们是同一班船呢。

呀，亚希子，好久不见。

佐藤君！

看起来精神不错呢。

她叫田中亚希子，兴趣是走遍吃遍全国各地。身份是一家外资企业的白领，每年她都会来岛上一次，我们都会碰见。

工作还是那么忙吗？

渐渐慢下来了。出版界也不是很景气。

我叫佐藤阳一，是个偶尔写写杂文糊口的自由作者。

133

喵

喵

喵

穿过住宅街一带，登上石阶就到了能够看到港湾附近乡镇全景的蛭子神社。

目的地的食堂是在穿过蛭子神社的鸟居下了坡的地方。

您好，欢迎光临。哎呀，亚希子和佐藤君又结伴来了？

中午好！

我第一次来猫岛是在十年前，那个时候，德治店长和他的爱人一起经营着这家渔家民宿。

我让他去割点柴火。

在里面院子里呢。

德治店长出门了吗？

是在港口碰见的。

那之后每一年暑假，我都会来岛上寄宿几天。5年前德治店长的爱人去世后，小店就关闭了。

我正感到可惜，第二年的早春就又收到了店里寄来的限定时节营业的通知明信片。

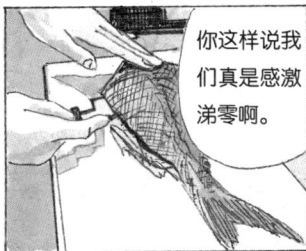

你这样说我们真是感激涕零啊。

我也是惦记着德治店长亲手钓上来，小樱做的各种鲷鱼料理，自己也是为了这个心愿每一年都在努力。

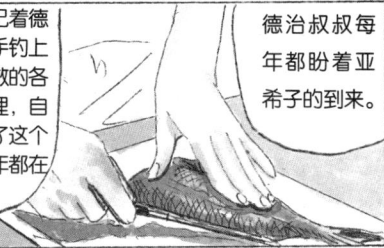

德治叔叔每年都盼着亚希子的到来。

小樱是德治的孙女，她走了很多地方，接触了世界各地多彩的饮食文化，在德治店长爱人去世之后，小樱每年都会按季节回国，经营一个月左右的这家食堂。德治店长现在已经是81岁的高龄，这也是考虑到老人家的身体承受能力。

在法国的拉罗谢尔港。

现在在哪家店工作呢？

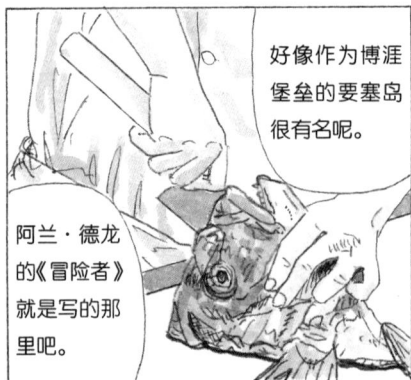

好像作为博涯堡垒的要塞岛很有名呢。

阿兰·德龙的《冒险者》就是写的那里吧。

食堂料理的味道是没的说地好吃。我也喜欢看着小樱和亚希子聊天，她们会讲些我们不知道的国家的见闻。

没有。

看了那部电影之后就在想，什么时候佐藤去过吗？去一次呢。

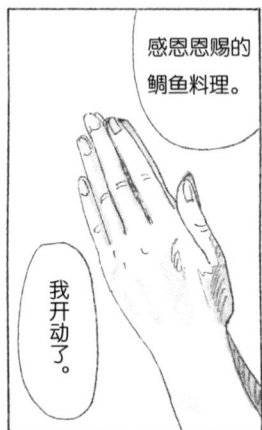

感恩恩赐的鲷鱼料理。

我开动了。

把提供给我们料理中的有生命的食材一口气吃完，就可以成佛。

啊，我就算了吧……

我拿了好几个，佐藤要不要也戴一个？

亚希子在吃饭的时候为什么戴着个猫耳朵？

真好吃啊！

德治店长很珍惜每年亚希子给他带来的这些猫耳朵礼物，亚希子来店里的时候，他都会化好妆，戴着猫耳朵等在店里。

啊，德治店长。

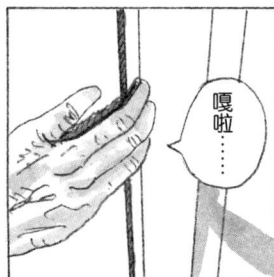

嘎啦……

好可爱，非常像猫咪。

德治店长戴着猫耳朵的样子，在亚希子眼里也就自然成了她对德治店长的直观感受。

我呃着嘴想，正是为了得到人生的充足的养分，来年我才还要来这里。

我们一边听着小樱的法国拉罗谢尔港见闻，一边悠闲地享受着美妙的用餐时间。德治店长和亚希子也都在笑嘻嘻地听着小樱讲，幸福而温暖的时光在慢慢流淌。

能够代表"土佐湾和四万十川"的
四万十市名店

中广居酒屋
高知县四万十市

连游客也会经常光顾的人气好去处

我们问当地的美食家，要是想去人气高的观光地，应该去哪儿呢？

我立刻理所当然地想到了有美味螃蟹的北海道和北方，还有被称为"天下厨房"的我们大阪、后厨文化发达的福冈等地方。但是出乎意料的是，在大型旅行杂志上"当地美食较多"的评选中，连续5年4次蝉联选择榜首，最受欢迎的却是高知县。

提到高知，它的鲣鱼生鱼片和季节性食材都是量很大，装在大而浅的盘子里的。据调查，在大众食堂和咖啡馆吃的普通饭菜评价也非常好。

人们常说当局者迷，灯下黑不容易自觉，我是高知县的西部中村市（现在的四万十市中村）人，对高知的美食在全国有如此高的评价，还真是最近才知道。

说起来，高知县真是江河湖海山俱齐，有太多种类丰富、大自然赐予的天然美味食材。新鲜的应季食材俯拾即是，食物的味道也就自然出类拔萃，不知道这些，孤陋寡闻的我，真的是太羞愧了。

因为这样，这次我们就准备去世人公认的高知的大众食堂、我的故乡——中村市，走访一番。

我们走访的是诸多中村料理店中最美味、最流行、评价最高的名店"中广居酒屋"。安倍说他每次回老家都会过来一次，我却是第一次去。以前也有两三次路过这家店，但都因为人满没进去。

中广居酒屋位于中心市街地的拱廊形设计的天神桥商店街，也是因为有土佐湾和四万十川的大自然眷顾，菜单上满满都是当地的应季新鲜食材，这些因素加在一起，使得小店在游客中也颇具人气。

营业时间店里很忙，也说不上话，我们决定在开店前半个小时进去。我们在约定时间早5分钟到了店里，店铺的外墙壁上有一面桃太郎旗，上面写着"中村市的鲣鱼生鱼片，只有在中村才能够吃得到的传统美味"，还贴着《深夜食堂》相关的宣传海报，引人注目。揭开暖帘进到店里，店主中平富士夫满脸笑容地迎了出来，说道："采访时间虽然不长，但请尽管问。"

我们在吧台坐下，先要了鲣鱼生鱼片和生啤。没多久，啤酒便端了上来。

"也顺便尝尝这个。"中平店长说着，把刚刚烤好的"盐烧鲣鱼身"也放到了我们面前。这是鲣鱼全身最好吃肉最鲜美的部位呢，中平店长让我们就着啤酒慢慢享用。

接下来端上来的是店里人气最高的鲣鱼生鱼片（1000日元）。说是生鱼片，蘸着醋吃的话味道一般，在高知要想把鲣鱼的美味彻底挥发出来，都是用盐。

夹一口鲣鱼生鱼片的厚肉片放在嘴里，那种新鲜刺激着味蕾，鲜香便在口中迅速蔓延开去。真不愧是店里的招牌，美味极了。再滴上一点新鲜香酸柑橘汁，又别有味道，好吃得根本停不下筷子。

当地居民也认可的有口皆碑的好味道

中平出生在渔家，是家里的二儿子，中学毕业后就在大阪、东京、高知的料理店学艺，23 岁回到老家。那之后一直到 50 岁都在当地的大饭店、婚宴、餐厅等处做高级厨师。

▼鲣鱼肉是在其他县吃不到的高知独有的珍味

中广居酒屋的开办是在平成十四年（2002 年），海鲜类的采购主要是在清水渔港和佐贺渔港，如果还是不够，中平店长就会从哥哥经营的鲜鱼店里拿。

中平店长虽然是 50 岁才创业开的餐厅，中广居酒屋却很快在业界好评如潮，生意红火。店里的顾客也日渐增多，生意一帆风顺，但之后却不幸招来了灾难。"3 月份刚开的张，同年的 4 月份店里 2 楼我住的屋子却着火了，所以一切归零，只能从头再来。"中平很豁达乐观地笑着说道。火灾之后再开起来的店，店里的客人却越发多了，直到现在。

中广居酒屋之所以这么有人气，其实全赖经济实惠的美酒佳肴。据说，在以当地食材进行创作的料理比赛"四万十的最佳厨师"，在过去举办的七届赛事中，中平店长都是一等奖的获得者。

中广居酒屋是被当地居民口口相传的好口碑的店。也正是这个原因，小店在开张后，客源就迅速增长，来吃的客人络绎不绝。

我们添了一次啤酒，又点了炸河虾（600 日元）、青苔天妇罗（500 日元）、海鳝生鱼片（800 日元）。河虾炸得很酥脆，口感极佳。青苔的味道很好，外面酥脆，里面却是很清新的口感，和啤酒很搭。

海鳝是其他地方不大有的食材，在高知据说自古就有滋补强健和美容等功效，可以做生鱼片或者是炸着吃。海鳝的白肉是上品的美味，鱼皮则富含胶原蛋白，很受女性欢迎。

我们觉得店里的什么东西都好吃，新鲜的食材加上中平店长首屈一指的厨艺，真的是让人大饱口福。我们拿着菜单仔细看起来，不只是有下酒菜一类，主食、面类、寿司等也是应有尽有。看起来都很好吃的样子，再点点什么，也是犹豫不决。

中平店长说："要是说能填饱肚子的经济实惠的主食的话，烤荞麦面还是很受欢迎的。我们用的是叫'滨屋'的当地制面场生产的面，很地道很好吃。"我们便毫不犹豫地临时变了卦，要了烤荞麦面（650日元）。

端出来的烤荞麦面上加了通心面色拉，这也是我们没想到的。

面是中太推荐的直面，里面有豆芽、圆白菜、胡萝卜、猪肉。吃起来很爽口，稍微再调一点味儿，和通心面色拉真的是相得益彰。

真的是名不虚传，果然好吃，要是模仿着《深夜食堂》在面上再放上四万十川的青苔的话，那一定是好吃得一塌糊涂。

我们中意的料理，店里还有很多。夜晚刚刚开始，采访差不多就这样了，今天晚上喝个痛快，畅饮到明早吧。

安倍夜郎的偷嘴

我喜欢"有头有脸"的店，要是能知道做料理的人长什么样子最好了。鱼很新鲜，大厨的手艺很好，如果厨师长得再很帅气就更棒了。店长的脸最好是令人一见难忘的，超帅气的那种。这样的店就是中广居酒屋。在吧台喝酒的话，大厨就会热情地"尝尝这个""尝尝那个"各种推荐，就这样在你身边陪着你一杯接一杯地喝，为你服务。要是在休息日之前的周二去店里，那最好不过了。

地址：高知县四万十市中村天神桥3-4
营业时间：17：30 ~ 23：00
定休日：周三
电话：0880-34-4077
座位数：46 席
交通路线：土佐黑潮铁道中村车站下车，徒步15分钟左右即到

144

创业以来全部手工制作的"高知名物"
——后厨饺子

安兵卫饺子铺
高知县高知市

饺子专业户，煎炸也是清爽酥脆

当夜幕降临的时候，高知市内的绿色大街上会出现几家小摊铺。其中最热闹最受欢迎的，就数从绿色大街往东的停车场那里的"安兵卫饺子铺"了吧。

平时纵然是到深夜12点，饺子铺那里还是会有响亮的欢笑声。顾客也都是当地的老主顾，偶尔也会有游客的身影。那种明快温暖的氛围的核心人物，是老主顾和所有来店里的人都亲切称呼为"阿姨"的女大厨。

这位阿姨每天深夜12点出现，和年轻的员工们一起工作到凌晨。阿姨平易近人，言谈举止很温柔，偶尔和顾客谈谈人生。这样的阿姨，人们都想和她说说话，所以深夜来的老主顾也就很多。

这家饺子铺之所以受欢迎，除了人气特别高的老板娘之外，还有店里经济实惠、味道绝佳、童叟无欺的食物。安兵卫饺子铺的菜单上只有安兵卫饺子（500日元）、拉面（600日元）、大碗拉面（800日元）、叉烧面（900日元）、杂煮（一种100日元）这几种食物，很简单，价格也都是公开透明的。

喝的东西有啤酒（500日元）、日本酒（500日元）、软饮料（200日元），所有的价目都一目了然，便于计算。即便是喝得烂醉也能简单算出。

实际上我们是第二次来这家夜间饺子铺。确切地说前天晚上9点我们来过一次，那个时候座席全满，最后我们不得不坐在了增设的简易桌子前。

即便是那样，顾客也没有减少，反而排起了长队。我一手拿着啤酒，一边就着饺子和杂煮，和店长德弘裕史聊起了天，也不知道什么时候，那长队竟然从停车场的空地一直排到了人行道。

前天来的时候，我们还有拉面没有吃。但是长久占着位置实在是不好意思，其实也是想见一见传说中的店长妈妈，所以决定这次再到这里来一趟。

安兵卫饺子铺的创建是在昭和四十五年（1970年），是店长妈妈的丈夫那一代，从高知市的繁华街外沿着河边开始做起来的。

安兵卫饺子铺从创业之初到现在一直没有变的传统，就是老板娘每天都会准时支起摊床。看板上的手工饺子的点单出来之后，厨师们就认真地和面调馅，然后用铁板刺啦刺啦地煎炸。饺子馅的素材不只限于日本的传统饺子馅，猪肉、圆白菜、韭菜这样的简单的也会有，馅里面的姜、萝卜、色拉油、自己制的盐都是安兵卫饺子独特的调味料。

安兵卫饺子的做法也和创业之初没有变化，把馅包进皮里叫"卷"，放在铁板上叫"煎炸"，为了能够做出香脆爽口的薄皮，

▼考究的饺子馅和精良的制作手艺，
成就了安兵卫饺子铺

饺子必须要放很多油煎炸。这样的对素材的讲究和专业的手法，才诞生了安兵卫饺子铺的招牌饺子。

　　包饺子的"卷"和煎炸过程中的"煎炸"是门纯专业技术的工作，"一般煎炸两年左右的时间就可以上手了，卷是需要 10 年的时间才能包得完美的技术。饺子馅的重量固定是 16.5 ～ 17 毫克，根据当天的气温和湿度，卷的手法技巧也会有些许不同。所以不管怎样，这是任何机器都无法复制和代替的人工手艺。"德弘店长说。

　　店里手工制作的手艺在开店不久就受到了人们的好评，开始有很多顾客纷至沓来。全长约 40 米的摊铺坐着 40 多位顾客在一起热闹用餐的光景，曾经也是高知市晚上一道亮丽的风景呢。

"安兵卫饺子"的老板娘外柔内刚，妻承夫业

就是这样的安兵卫饺子铺也经历过危机。那是在创业 30 多年后的平成十三年（2001 年），先辈们陆续离世，一直在店里做的老伙计也有辞职的。

"我之前一直是准备白天备菜的，晚上一般不去饺子铺。帮工的哥哥们辞职后才开始晚上出来。这样，白天准备食材，晚上做到早上 5 点左右，稍微睡一会儿，然后第二天接着再做。那个时候从包饺子到煎炸，全都是我一个人，非常辛苦。我这么努力也是因为有店里的客人们。因为没有煎炸的人，虽然我技术还不是很好，但也只能我来做。如果哪一次没有炸好，就会跟客人道歉，客人们会很体谅地说：'没关系，没关系，反正进到肚子里都一样。'还有的老主顾会体谅宽慰地说：'我们就爱吃你们家的饺子，每次只要来高知，一定过来吃啊。'正是这样一群顾客给了我很大的支持和鼓励。"

店长妈妈回忆那个时候的艰辛，感触很多。那个时候也有人劝妈妈以此为契机把店铺卖掉换些钱。"每当我萌生把店卖了的想法，就会看到这些老主顾，就会想为什么要把店让出去呢。应该把我爱人留下来的家业，把这个饺子摊一代代地做下去，那个时候就很固执，是女人的执念吧。"我们听了女店主充满情感的感人故事，真的是想由衷地为她喝彩。继承了这样的母亲的意念，儿子接过了第二代家里的家业，那个时候他最得力的助手就是德弘，两个人是厨

师技校时的同级生。

代替老板娘冲锋陷阵的两个人把志向落实在了行动上，安兵卫饺子铺到现在，在高知市内一共开了三家店铺，在东京的惠比寿也开了一家店。我们在听老板娘的一席话的时候，点了拉面，这个拉面也很好吃。面是压缩的细面，面汤是在猪骨高汤里加了萝卜、圆葱、姜等食材做成的，味道鲜美。"喝一口酒再吃一口面，很像以前吃的中华荞麦面的口感。"德弘说。我们刺溜刺溜地吃着拉面，果然像他说的那样。人们一听到猪骨，可能会先入为主地想到浓稠的白色骨汤，但是这个猪骨汤却很清澈，口味清淡而鲜美。面吃起来也不像细面，口感实在是爽滑，真的是名不虚传。

以德弘为首的安兵卫饺子店里高效工作的手艺人，以及温暖地守护着他们的妈妈，这样的一群人开的摊铺真的是让人感到温暖、放松而畅快。

安倍夜郎的偷嘴

　　安兵卫饺子铺在高知市内是非常有名的名店。薄皮大馅的饺子，先代人没有留下配方，全凭吃过的人舌尖上留下的味道和千百次的尝试来调味，最后成了老主顾们认可的经典味道。店里有勤奋工作的大哥哥，有看板宣传中传说的妈妈。无论是当地人还是外来游客都喜欢到那里去。深夜，喝得醉醺醺走在回家的路上，过去吃一碗拉面，真的是太美妙的事情。

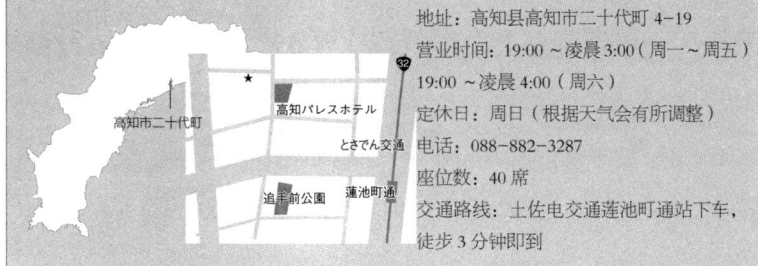

地址：高知县高知市二十代町 4-19
营业时间：19:00～凌晨 3:00（周一～周五）
19:00～凌晨 4:00（周六）
定休日：周日（根据天气会有所调整）
电话：088-882-3287
座位数：40 席
交通路线：土佐电交通莲池町通站下车，徒步 3 分钟即到

在土佐鲜鱼店经营的食堂里
能吃遍刚捕捞上来的鲜鱼

渔民小屋
高知县中土佐町

新鲜到让人感动价格却很亲民的美食

我听说旧友开了家鱼店,准备去走一趟。店名叫田中鲜鱼店,地址在高知县中土佐町久礼的大正町市场里面。

当地自古就盛产鲣鱼和五条鰤,因为是青柳裕介的《土佐的一竿钓》漫画创作的背景,所以现在在全国都是有名的渔民街。

在 JR 土赞线的土佐久礼站下车,步行 10 分钟左右就到了大正町市场的中心地带。那里有仿佛是昭和三十年代风格的木造拱形建筑,天棚上飘扬着大渔旗,在长约 40 米的公路两侧排满了店铺和露天店。

从有老圆形邮筒的西入口走进市场,我们要找的田中鲜鱼店就在最里面(东入口处)。左边是鲜鱼店,右边是家名叫"渔民小屋"的食堂。往鲜鱼店里一看,似曾相识的男人正在里面用熟练的手法处理鲣鱼。"是田中隆博吗?"我过去忐忑地问道。

"啊,好久不见了,有 30 年了吧!"他看见我,脸上露出了微笑。我们在一起玩的时候是在 20 世纪 80 年代初期,那个时候,田中还是庆应大学的学生。

30 年后再见田中，他和记忆中的样子有些变化，已经变成了像布鲁斯·威利斯一样的中年秃头男人。这时候的我也变成了脂肪厚重的"回流鲣鱼"一样的大腹便便的大叔，估计我们彼此见到都是想问"喂，你是谁呀"。在彼此的巨大变化中，我们慨叹着岁月的变迁。

　　我到的时候刚过下午 2 点，店里来市场买午餐的客人和以吃饭为目的的游客混杂在一起。听到是市场，觉得早上应该是最热闹的时候，但大正町市场，却是早上刚打猎回来的海鲜卸货时间，渔民们为了中午的鲜鱼市场还要摆货拣货，所以在这里，最热闹的时候不是早上而是午后。

　　我的肚子饿得咕咕响，店里却人满为患。没办法，我只有绕到对面，先坐在鲜鱼店并排的长凳上和田中聊天，"虽然最近提倡远离鱼肉，但这里市外和县外的游客还是比较多的。还有年轻的夫妇也会过来，很不可思议呢！"

　　就像田中说的这样，近些年全国性的远离鱼肉行动的确在盛行，大家开始反思作为吃鱼大国的弊端。孩子开始厌烦吃鱼，而海鲜类价格也比肉类贵出很多，这或许也是主要原因之一。到现在，远离鱼肉的倡导还是在不断发酵。

　　但是大正町市场的应季海鲜，无论是在新鲜度还是价格上，都让人感动。人生是没有地图的单程旅途，每个人都会偶尔误入歧途。但是庆应大学毕业的他，怎么就变成了鱼店老板呢？其间具体的经历，我不得而知。

▲表面稍微烤煳一点的鲣鱼是绝佳的美味

　　人生没有规定路线，更没有终点。田中在大学三年级的时候，休学了一年，据说是去美国流浪了。可能也是因为他自小就喜欢学习语言，又是剑道的修行者的缘故。

　　大学毕业后，他进了一家生产棒球手套和拉杆箱的制造商企业，被分配到当时日本人还很少的驻中国上海郊外的工场。田中监督管理着300人之多的大工场，对于生性散漫的他来说，每一天都是煎熬，他的头发也很快就变秃了。

　　人生就是这样，因果循环，祸未必不是福。就是在那样的情况下，田中也用他练习剑道的顽强精神，坚持了下来，让生产线走上了正轨。一晃田中就到了30岁，那时的田中曾想着，就这样在社会上立足吧。但他父亲的身体突然变得很不好，那一段时间田中时常在久礼的大街上徘徊。他想着家乡贫穷的面貌什么时候能够改变，想出世的念头又在脑海中盘旋，这样几经挣扎犹豫，田中最后决定继承家业，成为田中鲜鱼店的第四代老板。

"究竟是被人支使着生活，还是主动开拓自己的生活。在30岁的结点上，我选择了自己今后的人生道路。"提到那时的抉择，田中至今感慨良多。

在鲜鱼店里挑好鱼，店家当场就给处理好

回到家乡的田中，为了让久礼町充满生机，花了10年时间掌握了作为渔夫的技艺，创立了同盟组织，并也请同伴们吃应季的鲜鱼，开了一家叫作"屋滨君市场饭堂"的套餐店。

屋滨君饭堂口碑很好，顾客众多，为了源源不断的客流，就在自己家的渔店对面开了相应的食堂。

田中说："游客也有，还有外县的进货的商贩。鲜鱼店在保证自身的客户源的同时，可以进到价格稳定的鲜鱼，这样渔民们的收入就很稳定。这里卖的鲜鱼比别处便宜，对于大家的生活而言，却是足够开销，可谓薄利多销。"

渔民、鲜鱼店、消费者三者之间各有利益，田中在持续挑战创造一条渔民町新的产业模式经营链，让自己能够站在专业的角度上，对大正町市场进行整体把控和引导，想出新主意。

过了下午3点，我们终于进到了渔民小屋里。我们找了一下菜谱，却没有看到类似的东西。问了在吧台里的田中的爱人幸子夫人，说食堂只卖米饭和味噌汤套餐（250日元），要是在鲜鱼店买鱼的话，也是装好盘送过来的。

对面的鲜鱼店的店前，摆着各种看起来无比美味新鲜的海鲜。我们的肚子实在太饿了，就要了鲣鱼生鱼片的两人份（850日元）、五条鰤（450日元）和飞鱼生鱼片（350日元）、鲣鱼心脏（250日元）、大口鰕忽鱼（日本鳀的幼鱼，200日元）。

点完单后，我们又转回食堂等着，不一会儿料理就端过来了。我先喝了一口味噌汤，是用鲷鱼汁做的奢侈味噌汤，喝下去之后，饿了半天的胃舒服了很多。鲣鱼生鱼片是口味挑剔的当地人也能打包票的珍品，美味当然是毋庸置疑的。蘸了三下醋的大口鰕忽鱼是只有刚刚打捞出来才有的新鲜美味，鲜美的鱼肉滑溜溜地在嗓子中旋转。

最出色的当是用生姜酱油煮出来的甜辣鲣鱼心脏，弹力十足，口感独特，真是绝妙的地道美味。这也是在其他地方根本吃不到的珍味，让人大饱口福。

除了大口鰕忽鱼和鲣鱼心脏之外，只有在久礼周边才能吃到的当地美食家们推荐的还有小金枪鱼（舵鲣）的新子（幼鱼）。能吃到这个美味的季节是在8月下旬到9月下旬短短的一个月时间，在这期间来自全国各地的游客都会增加。

"新子本来就不够，不会往外县输出，所以如果想吃，只有在应季到这里来。"为了吃到绝佳珍贵的美味，我想明年夏天的时候要再过来一趟。

安倍夜郎的偷嘴

看到自己的家乡死气沉沉，失去生气是很让人痛心的。这种心情我也很懂。"或许我还能做点什么。"田中对家乡的热忱，在大正町市场再次被唤醒。在那里可以吃到就在眼前的土佐湾捕捉到的鲜鱼，人生真正的奢侈也就这样了吧。鲜鱼的美味自不必说，小鲷鱼炸出的味噌汤也是一样让人喝过难忘。

地址：高知县中土佐町久6382（大正町市场内）
营业时间：10:00 ~ 16:30（最后下单时间16:00）
定休日：每月第4个周二（节假日时在其前后的周二、12月份不休息）
电话：0889-52-2729
座位数：22席
交通路线：JR土佐久礼站下车，步行约8分钟即到

在"四国最南端的城市"中
当地美食家推荐的乡愁 B 级的地道土味

西村锅铲烧第一家

高知县土佐清水市

从东京坐新干线、电车、公交车，要经历9个小时的连续倒车

　　我的关于御好烧和点心店的记忆是重叠的。因为我生平第一次吃御好烧，是在点心店里。

　　把小麦粉溶进水里，然后把它放到铁板上摊大些，再在上面撒些鱼粉。上面放的食材有圆白菜丝、鱼糕，烤好之后再涂上伍斯特辣酱油，放上鱼粉和青苔，这样美味的御好烧就做好了。现在想来御好烧虽然是粗糙的食物，但是对当时的我来说，没有比这更好吃的东西了。

　　有的时候，我会突然很想吃一口那个东西。每当这时，我就会自己下厨去试着做。喝着啤酒，吃着御好烧，少年时代用石头在路面上的涂鸦，布满水管管道的空地，这些记忆中的风景就会浮现在我的脑海中，历历在目。

　　我把那种怀念的感觉和安倍说了，他告诉我在土佐清水市有一种"锅铲烧"，和我说的很相似，是当地的代表食物。

　　以前，因为土佐清水市有"清水青花鱼"这样有名的青花鱼，我去采访过一次。那个时候这家店虽然被旅游协会强烈推荐，但由于时间不够，就没有过去。也是那个缘由，这次被"是吧，去土佐清水吧"这样的广告吸引，也就迅速和安倍一拍即合，决定出发。

但是清水不是京都那样交通便捷的地方。土佐清水市的足摺岬是四国最南端的地方，在维基百科上检索的话，会看到"因为地理原因，不是疯狂消费地，高速公路和铁路都不通。本市在日本的城市中，从东京出发是最耗费行程时间之地"这样的介绍。

我们从东京车站坐新干线、电车和公交车，几经颠簸，大约9个小时之后才到目的地。即便是坐飞机也需要大约7个半小时。数据上显示最快的方法是飞机加渡轮，也得5个小时，从东京出发当天的往返是不可能的。最后我们采风小分队（通常的3人组合）决定，即便在那里住宿，也要朝向锅铲烧的实地调查出发。

我给以前关照过我的土佐清水市旅游协会的土居事务局长打电话，他给我介绍了一家名为"西村"的锅铲烧发祥店。那家店也好像在非常难找的地方，土居局长还特意给我们派了个向导。

我们早上坐第一班从羽田机场出发的飞机，到达约定的土佐清水市政府的时候，已经是下午1点左右了。我们把租赁的汽车停在停车场，给旅游协会打电话，不一会儿负责向导的女职员就开着车过来接我们了。女职员是位优雅的美女，名片上写着"土佐清水市观光形象大使——猪谷奈穗美"。

我们坐着她的车走了大概5分钟，就到了目的店。店在清水小学西侧的狭长过道上，的确很难找。

掀开暖帘走进店里，右手边并排着两三个人坐的圆桌，里面有能坐七八个人的铁板台。店里有一位老主顾样子的女顾客，坐在铁板台的正对面正在和店主谈笑。店主是第三代的中山育子，是一位长得很像作家椎名诚，看起来面善的阿姨。如果告诉她，她可能会不高兴，我们也就没说，但真的是很像。

我们看到店里的暖帘上用片假名印着"锅铲烧"，但墙上镶框的菜单上用平假名写着"锅铲烧"，究竟哪种标记是正确的我们也不知道。问了中山店长，她说哪个都行，本来是想用片假名"锅铲烧"来命名的（本文就偷懒用片假名统一了），因为大家可以轻松地发出平假名"锅铲烧"的发音，后来就固定了下来。

西村锅铲烧第一家好像真的是锅铲烧的发祥地，中山店长的祖母若杉光在昭和三十二年（1957 年）从大阪回到家乡创业。"怎么也忘不掉在大阪住的时候，家附近老奶奶做的锅铲烧的味道，就开始尝试着仿造去做。"中山店长的母亲是第二代，中山也在平成二年（1990 年）继承了家业。

炭火把美味全部烤出来，是能够代表昭和的面食

我们迅速地点单，店里锅铲烧的价钱是从 350 日元到 800 日元不等，"主要是大小不一样。大体上呢，成人顾客一般要 500 日元的比较多。"中山店长给我们解释道。我们便要了 500 日元的锅铲烧，让店长给我们分成 4 份。

中山店长在铁板上放上薄薄一层面粉，摊开来，撒上鲣节粉和

▲充满昭和时代怀旧味道的锅铲烧，是土佐清水市的灵魂料理

青苔，再在上面放上大量的青葱和天妇罗（炸鱼身肉），并把烤饼切成 4 个小方块。最后在上面打上鸡蛋，烤好之后再涂上沙司。

在拿给顾客的时候，把两边稍微卷一下，切成几块是西村店的经典做法。把两边稍微卷一下，是因为以前的铁板很小，把烤好的锅铲烧体积尽量变小一点，不浪费铁板上的空间，这也是多年经营留下来的传统和经验。进入冬季，铁板下面会放上火炉，这也是从创业之初就没变的老规矩，因为用煤气罐烤的不是很好吃。

沙司一般是辣的、普通的、甜的三种，可以根据自己的喜好进行选择。我们都习惯爽口的伍斯特辣酱的味道，就要了两个辣的，剩下的就想用普通和甜的比较着吃一下。锅铲烧端上来之后，口感要比想象中的松软，沙司和天妇罗，以及葱的味道浑然一体。这样的美味，正是我在点心店怀念的御好烧店的菜系的味道。沙司根据个人口味，我觉得辣口很好吃。我们问起食材，中山店长说："我母亲和祖母都不用肉，都用当地的天妇罗，所以我也就不变地继承下来。"锅铲烧如果不放肉，美食家们会给它评为 B 级的。

我们采访的过程中，有点单的电话打来，顾客也陆续进来，可以看出店里日常的人气。顾客里面，有刚刚渔猎金枪鱼回来的 40 岁左右的渔民，也是从少年时代吃到现在的老主顾，现在一周还是会来两次，还有 60 多岁的老奶奶，从她那个年代就到店里，问她什么最好，猪谷不客气地插嘴说："我小时候也过来呢。这里最好吃。"中山店长还说，父母子女两代人一起过来的老主顾，回到家乡是一定要过来的，就像形成习惯般，这样的老主顾也不少。

这家店是让土佐清水的民众们能够身心依恋和满足的店，配得上"第一家"的称号，这才是老主顾们心爱的平民料理店。

安倍夜郎的偷嘴

　　从大阪回来的阿姨最早是模仿着做锅铲烧。食材用的是当地的鲜鱼鱼身肉做的天妇罗和葱，调味根据各自喜好有三种沙司。平常常吃的东西却异常美味。因为太好吃，吃着吃着就饱了。吃的时候都是忍着怕吃多了，吃得意犹未尽。

地址：高知县土佐清水市幸町8-7
营业时间：10:30～19:00
定休日：不定休
电话：0880-82-2752
座位数：10 席
交通路线：高知西南交通公交清水友谊广场停车场下车，徒步约10分钟

高知县宿毛市城市振兴
当地美食家推荐的"多耙银鱼鲱盖饭"

山海居酒屋
高知县宿毛市

像店名一样，海陆物产都具备的绝品料理好店

在高知县的西南部有种名为"多耙银鱼鲱盖饭"的当地美食。在与宿毛市接临的大月町的海域中，海水鱼的种类可以说是全国最多的，而那里也自然成了钓鱼爱好者和潜水爱好者憧憬的地方。当然，那儿的渔业也很发达，其中多耙银鱼鲱的产量在全国是遥遥领先的。

多耙银鱼鲱鱼可以做生鱼片、椒盐烤或者油炸、南蛮煮等，各种烹饪方法都可以，把多耙银鱼鲱鱼浇上酱汁放在米饭上做成"多耙银鱼鲱盖饭"也是人间美味，让人食之难忘。

最近几年，宿毛市把多耙银鱼鲱盖饭作为城市振兴计划的一部分，在市内提供这款名料理的店有12家（平成二十七年三月到现在）。这次我们采访的是其中一家叫作"山海居酒屋"的店。

这家店的位置在从国道56号线往四国灵场八十八处的第39号牌地的延光寺方向，再往北300米左右的道路的高台上。因为是没有过往行人并且连车都不好过的山地，所以顾客主要是当地的老主顾。

"有从外县过来的钓鱼、冲浪、跳水的客人。"迎接我们的是面带柔和笑容的佐田千草。今天实际是休息日，千草考虑到我们是

"特意从东京赶过来的"，才特意开了店。我们推测，这样的好性格，或许也是这家店受欢迎的原因吧。

"因为怕大家单独过来寂寞，我也叫了几个常来店里的老主顾。"千草说。

我们与千草店长原本没有什么交情，她却这样煞费苦心地为了我们的采访特意安排开店。她这样说了之后，让我们本来倍感歉疚的神经瞬间放轻松了很多。

店内很大，有能容纳15人的单间包房，也能承办宴会。我们犹豫坐在哪儿才好，最后选择了互相说话方便的吧台。

这家店创办于平成五年（1993年），由千草和父亲充、母亲拙子、哥哥幸雄、义姐明美五个人打理。不可思议的是，除了当地的老主顾之外，还有很多外地客人过来，当时是只有周末才开店。我们猜估计是进货采购等的问题吧，但真实的原因却出乎意料。

"最初是沿着国道租的店面，平成十三年（2001年）在这儿买的土地，新盖起来的。但是5年后发生了一场大火，店就关了。大家也就都去做别的事情了。

"这样一来，得到消息的很多老主顾就过来探望，鼓励我们东山再起，重新再来。真的是受到了客人们太多的关照。那个时候我们也是，只有周末聚集在一起。"

因为平时大家都有其他事情，所以只有周末才开。再建的时候，老主顾们都过来送饭啊什么的，帮了很多忙，说起来真的是人情浓厚的故事。

解开这些疑团之后，我们开始点餐。

菜单上就像店的名字一样，罗列着河海川的各种食材做的料理。我们点了多耙银鱼鲱盖饭，然后又问店家有没有什么推荐的。"还是鲣鱼好一点吧，来我们店的客人一定要点鲣鱼生鱼片，然后就是杂色鲍鱼饭。"

当地的鲣鱼生鱼片好吃，我们是知道的，这次就放过去不吃了，点了店里独创的杂色鲍鱼饭（700日元），还要了作为下酒菜的东方狐鲣生鱼片（900日元）和炒虎杖（350日元）。

老主顾之间推杯换盏，看来大家都是"山河儿女"啊

吧台里面充、拙子、幸雄几个人都在忙着做饭。千草和明美负责配膳和接待，分工明确。没多久，我们点的餐就都上来了。东方狐鲣就像它的名字一样，和鲣鱼非常像，无比美味，因为它的鲜度很容易流失，所以在东京一般都是做幽庵烤鱼、煮或者油炸。但是做成生鱼片，味道真的是棒极了。

鱼肉的肥厚正好，配着啤酒吃一口，清爽的美味便在口中肆意扩散开来。炒虎杖也是甜辣口味，嚼起来嘎吱嘎吱的，很有口感。杂色鲍鱼饭带着壳的鲍鱼渗出的浓密汤汁，浸染着一粒粒的米饭，连牙齿都能感受到来自大海的鲜美。

这三样我们都吃完之后，在追加菜单的时候，不知不觉老主顾们已经来了几批，吧台已经坐得满满的了。

▲本店独创的多耙银鱼鲱盖饭

　　"我们一起干杯吧。"千草和明美给老主顾们拿了生啤，自己也拿起来开始喝。一问才知道，和老主顾们推杯换盏也是这家店的老规矩。我们一边和隔壁坐着的60岁左右的老夫妻说话，一边喝着啤酒和板栗烧酒，酒过三巡，又开始有了些胃口。

　　我们就又点了多耙银鱼鲱盖饭（500日元），"实际上我们这儿的多耙银鱼鲱泡饭也很好吃。"千草说。我们问起来，才知道多耙银鱼鲱泡饭是随着地域振兴流行起来的，在刚开店的时候菜单中就有，而最初想出这种吃法的据说正是这家店。这样说起来，我们就不得不吃了。再次追加点单之后，店长担心地问我们："这样真的还吃得下吗？"其实她是不知道我们遇到好吃的东西真的是胃口大开啊!

多耙银鱼鲱泡饭是把用手撕开的多耙银鱼鲱泡进酱油酱汁里，然后放在热乎乎新出锅的米饭的四周间隙内，再在最中间放上黄黄的鸡蛋，看起来就很美味。作为调料，再放上姜、青葱、紫海苔，把它们搅在一起放上去。真的是令人惊叹的美味啊！

多耙银鱼鲱泡饭如果没有放鸡蛋的话，乍看上去和多耙银鱼鲱盖饭没什么两样，把它泡上热汤吃的话，多耙银鱼鲱泡饭的美味就出来了，醇香的味道弥漫开来，汤和饭就哗啦哗啦地流进肚子里。

在千草和明美不停地张罗和关照下，邻桌的客人们也都气氛融洽，酒话正酣。在这家店里让人有一种到了朋友家里的安心，喝得畅快淋漓，安心舒畅。

安倍夜郎的偷嘴

在土佐，自己做拿手好菜请好朋友来家里吃饭，开宴会招待叫作"请客"。最喜欢请客的就是"山海居酒屋"。喜欢做菜的阿姨只做自己下了功夫并且自己也认为好吃的东西。所以店里的所有东西都很美味。最后就是顾客醉了，店主也醉了。这才是在土佐做客的礼节，不醉不归。

地址：高知县宿毛市平田町中山 852-5
营业时间：17:00 ～ 22:00
营业日：周五、周六、周日
电话：0880-66-0451
座位数：49 席

交通路线：高知西南交通公交寺山口站下车，徒步 5 分钟即到

四万十市的深夜食堂，安倍夜郎灵感的来源

🍚

绫食堂
高知县四万十市

吃着拉面喝着酒的"终点站"——绫食堂

　　回顾我们到现在探访的所有的店，东京有 8 家，高知有 5 家，神奈川 4 家，大阪 2 家，每一家的店主都是集智慧和勤劳于一身。他们制作出美味的料理，传承着经典的味道。虽然如果可以应该走遍全国，但众所周知从物理上来讲，那还是不大可能的，所以在连载开始之前，我们就大概圈定了采访的地域，决定了 20 家采访的对象。

　　我们介绍的店都是我和安倍夜郎熟知的，事前也做好了准备，确定这是家"值得去的店"，才会过去采风。也是这个原因，所以我们行动范围内的店和我们出去采风的店，都是一些出行方便的市内和神奈川的店。

　　但是关于神奈川，并不是我们最初就圈定的地方。是在连载开始之后，东京圈的店几乎都走遍了，其中的很多店，不是店铺不能让人满意，就是不同意我们采访，最后便集中在了神奈川。东京之后，高知的店比较多，是因为我说过好几次，我和安倍都是高知县中村市（现在的四万十市中村）人，熟悉的店很多。

论起店的味道，不应该抛开好吃而料理讲究的大阪。虽然我们按照这个想法也在大阪找了几家店，但都没有得到采访许可，最后也只能遗憾错过。最后的采访应该放在哪里呢？我们协商到最后，还是觉得我们家乡的店最合适。高知县里全国性的连锁快餐店不是很多，因为人口总共才大约73万，所以真正大型的餐饮店和专门店在那里也很难长久立足。但是论起外卖行业的发达却是相反的情形。高知县的咖啡馆按照人口1000人来换算的话，是1.9家店的店铺密度呢。由此可见，县内民众生活的密度还是很高的（数据来自平成十七年爱知县调查）。

顺便看一下，被称为"早间提神大本营"的爱知县，咖啡馆的平均密度是1.56家店（居第3位），咖啡文化发达的岐阜县也只是1.64家店（居第2位）的程度，这样看来，高知县确实是在绝对领先的第1位。

仅就人口不满35000人的四万十市来说，咖啡馆一共就有127家（经济产业县平成二十一年经济统计调查），其他的饮食店也有334家之多，这绝对是个很大的数字。

说起咖啡馆的话，全国范围内一般都是提供饮品和小食的地方，但在高知一般是有套餐、西餐、盖饭之类，像食堂一样有丰盛菜谱的。各家店都花了很大心思在菜谱制作上，其中也有有自己特色菜的好店。

也是这样的原因，最后我们准备找一家扎根在当地、有自己人气菜谱的咖啡馆，安倍推荐了在大桥通那里一家叫作"绫食堂"的店。

"我一般是喝完酒之后过去吃碗拉面，烤的东西也很好吃，我也经常会就着杂煮好好喝上一杯。"因为安倍这样推荐，我们也就决定去采访这家店。

"绫食堂"在四万十市办公厅下面东西走向的国道56号线上，大体是和办公厅面对面的位置。虽然店名叫食堂，开店时间却是在晚上6点之后，闭店是在第二天的凌晨3点，是"深夜食堂"。

据安倍说，这家店里，一般在外面喝完酒之后，过来吃拉面的人比较多，半夜生意才多，好像是"中村饮酒最后一站"的地方。

往昔怀念的拉面因为有了萝卜而美味倍增

我们进到店里是在晚上7点，店里还没有客人。迎接我们的是第二代店主谷口义明和他的妻子绫子、孩子秀人，看得出来他们家的店，是深受当地的老主顾喜爱的。店里有8个人坐的吧台和4个人坐的圆桌一个，走上去还有两张4人坐的座席。

在这里应该特意指出的是厨房很整洁，不锈钢餐具被擦得锃亮，能照出人的影子。我们好奇问起来，原来店长义明直到几年前一直担任提高当地餐饮店的公共卫生指导员的工作，长达25年，还曾经获得过高知县知事颁发的食品卫生劳动奖章呢。

作为餐饮店，整洁干净是必需的，一眼能判断出店里东西好不好吃的还有一点，就是看厨师们和工作人员的穿着是不是干净整洁。绫食堂在各方面都给人干净的感觉，吃饭之前，我们就能预料到他

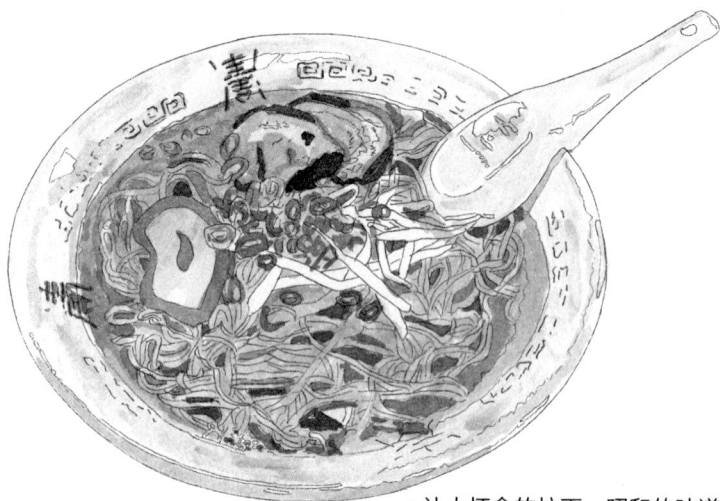

▲让人怀念的拉面，昭和的味道

们会为我们做出好吃的饭食，我们先要了下酒菜杂煮。

杂煮的配料有鱼练物、鸡蛋、筋、炸油、萝卜、魔芋 6 种，各 100 日元，也是很合理的价位。从鸡肉的肉质中提炼出来，混合酱油、糖和盐等调料的汤汁的黑色，让我有点吃惊。我们顺便咬了一口鱼练物，味道确实是很独特的清新。被好好炖煮的筋的柔软部分和带着脆骨的部分相互替换，给我们的味觉提供了很好的食材和供养。

我们大口大口吃着与看上去完全不同的绫食堂杂煮，酒也一口口喝着。这个时候有貌似高中生的男孩子和老夫妻陆续进到店里来。

三个人看起来都像是附近的老主顾，高中生要了一份油炸套餐，因为说是打包，所以坐在了吧台那里。老夫妇来到了里面台阶上的桌子前，先要了啤酒，两个人干了杯。我们也要了拉面、迷你烧烤套餐（850日元）、饺子（450 日元），还学着高中生也点了一份油炸套餐（800

日元）。

拉面用的是中太面，汤是鸡汤的高汤加了酱油调味。配料有叉烧、豆芽、鱼糕和葱等简单的配料，我们嗖嗖地吃着面，找到了往昔拉面的正宗味道。嗯，就是这个味道，越吃越对。吃了大概三分之一后，加上捣碎的粗萝卜泥（50日元），又增加了一层美味。带着黄油进行煎烤，还有秘制的酱汁和蘸着芥末吃的自己做的饺子，所有都放到锅里油炸。炸鸡也真的是无法言说的美味。

仁井田米和香米混合的饭也是无比美味，嚼起来米饭的香气扑鼻。绫食堂的创立是在昭和五十二年（1977年），创业是在更早的昭和三十年（1955年），义明店长的妈妈岩惠以面向小孩子为顾客群开了一家类似的小店。安倍从小学低年级的时候就经常去这家店，夏天的时候有冰桃（桃子形状的冷冻冰点）冻粉，冬天有御好烧和拉面。拉面也是从创业以来就没有变过的味道，配方是自己做的，所以对于安倍来说，这家店是记忆中的味道。

在这家店一共吃了多少碗拉面呢？算上前身的"谷口"已经吃 40 多年了。现在回到老家也一定要去吃。配料还是跟以前一样的烤猪肉、青葱、豆芽和一块鱼糕。是喝完酒之后分量正好的拉面，是不变的绫食堂的酱油的味道，是我的故乡的味道。

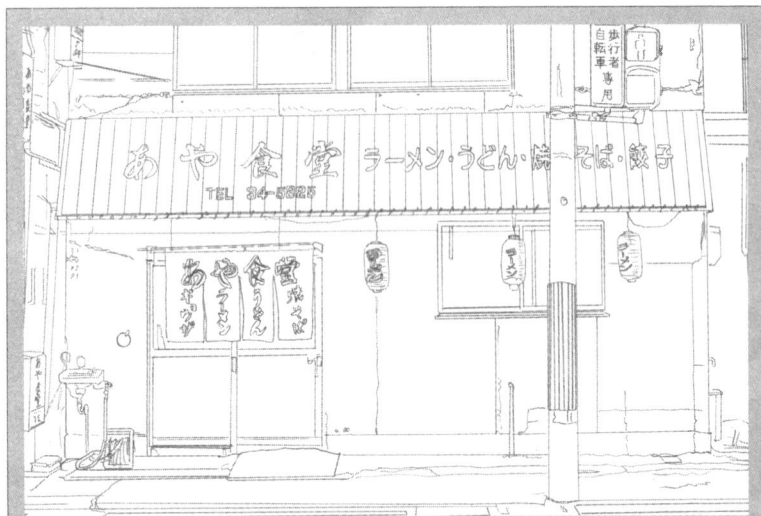

地址：高知县四万十市中村大桥通 4-2

营业时间：18:00～凌晨 3:00

定休日：周日

电话：0880-34-5825

座位数：20 席

交通路线：土佐黑潮铁道中村站下，徒步约 10 分钟即到

🍧

拉面和饺子

拉面和饺子都太好吃，看得见的美食无休止

左古：松叶的拉面在这本书里作为采风店之一，我也是第一次吃，味道怎么样？

安倍：保留着一直传承的传统味道，很好吃呢！

左古：松叶的拉面对于漫画家和漫画迷们来说，更多的是加入了自己的情感，所以觉得首屈一指。我知道藤子不二雄的作品中，喜欢吃拉面的小池吃的拉面的原型就是这家的，所以想着要是去东京，一定要过去吃。

安倍：您第一次吃是什么时候啊？

左古：应该是在昭和五十八年（1983 年），这么说起来那就是在常绿庄园被废弃后不久啊。

安倍：常绿庄园消失就是在那个时候吗？

左古：好像是在昭和五十七年（1982 年）解体的呢。我想去看一下常绿庄园都没有来得及，好像也不再有机会了。这样说起来，《深夜食堂》里面的餐馆出现的拉面是袋装面，那是为什么呢?

安倍：拉面如果要自己做，真的是太费事了。对于《深夜食堂》里的餐馆来说，因为不是中华料理，所以自然把速食面作为首选。

左古：饺子好像是剧中店主自己做的，有个设定是老板端送着外卖到小李那里去。

安倍：我认为让老板送外卖的设计比较好。然后想让小李点点什么，想来想去也就饺子最合适吧。

左古：没有店铺，只送外卖的设计很符合中国国情呢，并且用了李小龙的双节棍。

安倍：我们的那个时代对于中国人来说，就是李小龙的时代啊。而且在那一回还可以咣咣咣咣地打得过瘾。（笑）

来啦，请稍等！

（选自《深夜食堂》第1集 拉面）

左古：是吧。饺子那集在这本书的采访中，安兵卫饺子铺的美味也很让人感动呢。实际上我第一次在外面吃到的饺子，就是安兵卫的饺子。因为在高知高专当学生的时候，是上辈人在做，是什么样的人已经记不起来。松叶的拉面第一次吃是在昭和五十八年（1983年），也是帅气的店长给我做的，回想起来也是感慨颇深呢。在高专上学的时候，去京都玩，在王将也吃了一顿饺子，觉得那儿的饺子又大又好吃。现在的饺子都是普通大小了，但以前的饺子还是很大的吧，也不知道是不是我记忆出错了。

安倍：是吧。我去京都也吃过呢，那时候的饺子的确是普通大小的。

左古：您是什么时候去的呢？

安倍：是去京都考试的时候。我记忆里，最初是 140 日元 6 个。那个时候，炒饭是 220 日元，什么都是那么便宜啊。在普通的中华屋想吃炒饭和饺子套餐的话，却还是很贵，吃不起的。那个时候饺子是 400 日元左右，但是王将的饺子加炒饭才 360 日元。饺子加啤酒也才只要 500 日元，还能剩点零头。所以那个时候几乎每天都去。（笑）学生的时候，高圆寺也有王将的店，有一段时间，我就是以饺子为主食的。

左古：我现在想吃饺子的时候，也都会到工作地附近的王将，或者惠比寿的安兵卫去。

安倍：我自己现在吃饺子的话也是去满洲，王将的话是天津饭。满洲比王将味道要淡。无论看起来还是吃起来，都很像安兵卫饺子。

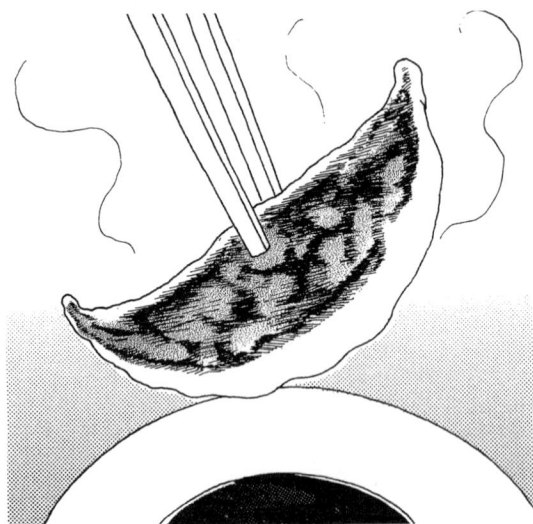

（选自《深夜食堂》第 5 集 饺子）

这样就足够了，美味的饺子吃到饱。

那里的饺子也不是外皮很脆那种。

　　左古：蒲田发祥的羽翅饺子最近也成了话题，您吃过吗？

　　安倍：吃过。但是蒲田离家很远，没有办法常去吃呢。

　　左古：合您胃口吗？

安倍：一般吧，我没觉得很好吃。可能食物在感官上好看一些更好，但是没有也无所谓。对我来讲，距离很远的名店还不如家附近的普通的店。我基本上是不会特意大老远跑去吃的。

左古：我也一样。过去去宇都宫和滨松采访的时候，吃过几次饺子，但是没想过专门开着私家车过去吃。

安倍：白饺子听过吗？

左古：知道有那么家店铺，没有吃过。

安倍：我吃过几次，在那里懂得了一件事情就是，饺子太好吃也是不行的。因为吃那样的饺子就满足了，吃到饱，甚至到最后吃到腻，但是在之前稍微控制一下，就还是会想吃。

左古：拉面也是啊。一家一家的好吃的拉面店去吃，觉得味道好去过几次，终究也会腻啊。反倒是像松叶和绫食堂那样的老式拉面觉得更加好吃，怎么吃也吃不够。

安倍：确实是啊。天下一品的拉面在第一次吃的时候会惊讶。为什么这样的拉面那样少，倒不是拉面本身有多么好吃，而是起了个好奇心的念头，所以就想去。

左古：要是问我最喜欢吃的拉面，就数孩提时代吃的绫食堂了吧。

安倍：绫食堂以外的好吃喜欢的拉面虽然也有，但最熟悉和怀念的味道还是绫食堂的。

后记

　　车站整修得很漂亮，到处都被政府再开发，变成了统一的样式，到处都一个样儿。在规划整齐的站前大厦，有许许多多连锁店系列的居酒屋，也有餐馆、咖啡馆等。原来在那周边的特色小店，不知道什么时候都消失了。

　　"还想再去的店渐渐少了。"同年代的零说。零学生时代喝酒之后，是经常会过去的，那里有一对夫妇24小时经营的手卷屋也随之消失了。两个人都上了年纪，孩子们没有继承他们的店。

　　书最前面的"绿洲食堂"其实只是一种比喻，我也有相同的经验。偶尔回到小时候常住的地方，原来的很多家店现在都消失了。

　　街道变了，人变了，人的喜好也变了。

　　唯一没有变的是我们去到那里依旧会感到亲切，感到安心。

　　我和左古找了20家能够采风的这样的店铺，没有一家是高档餐厅。虽然它们都没有在米其林指南上出现过，但确实都是味道独特，都是能够让客人吃得舒适、物有所值的店。

店家也都很好，都是童叟无欺。顾客中虽然偶尔有喝醉的人，但因为是老主顾，大家都会自觉节制。

生姜烤肉蛋包饭、土豆泥沙拉、煮鱼猪肉汁、拉面、饺子，虽然没有特别的东西，但个个都很美味。有的店早上开始就能喝酒，也有早上就开始营业的餐饮店，这些小店总是适当地迎合着大家的节奏，像这样绿洲一样的店铺，我给它们起名字叫"绿洲食堂"。

绿洲食堂的命名，是在读了我尊敬的友人土山茂在《漫画娱乐特辑》（日本文艺社）连载的久住昌之的原作《荒野中的美食家》之后突发的灵感。《荒野中的美食家》讲的是在大都会的角落里像绿洲一样的小料理店，那是一部享受和喜欢这样的小店的单身男人自己的饮食纪行。在这里，我要对应允本书使用"绿洲食堂"这样命名的久住先生和土山先生表示感谢。

2015.07

吉日

安倍夜郎